MARY LONDON

Après une carrière de chercheur spécialisé dans l'histoire des religions, la romancière britannique Mary London se découvre une passion pour l'intrigue policière, et devient vite une adepte du polar à l'anglaise. Ont déjà été publiés : *Un meurtre chez les francs-maçons* (1998), *Le crime étrange de Greenwich* (1998), *Sept ladies pour un meurtre* (1998), *Le parfum d'un crime* (1998), *Meurtre par superstition* (1999), *Un crime trop parfait* (1999), *Un crime chinois* (2000), *La double mort de Thomas Stuart* (2000), *Le mort de la Tamise* (2000), *Le crime du corbeau* (2000), *Un crime sans assassin* (2001) et *Un crime exemplaire* (2001). Aujourd'hui sexagénaire, Mary London vit près de Londres.

LE MORT
DE LA TAMISE

DU MÊME AUTEUR
CHEZ POCKET

UN CRIME CHINOIS
UN CRIME TROP PARFAIT
LE CRIME DU CORBEAU

MARY LONDON

UNE ENQUÊTE
DE SIR MALCOLM IVORY

LE MORT
DE LA TAMISE

Traduit de l'anglais
par J.-P. Baudricourt

ÉDITIONS DU ROCHER

Titre original :
THE THAMES DEAD

ISBN 2-266-11384-4

Chapitre 1

À cet endroit, la Tamise formait un remous qui entraînait dans son tourbillon les détritus échappés des docks voisins : cageots brisés, paillons, cartonnages et chiffons graisseux. Depuis plus d'un an, Bob Rob s'était installé là. De la berge, au moyen d'un bâton qui lui servait de gaffe, il tirait de l'eau les misérables débris qu'il estimait pouvoir céder au chiffonnier pour quelques pence. Mais cette nuit-là le brouillard était trop épais, et il faisait vraiment trop froid pour qu'il pût se livrer à sa besogne. Il avait allumé le brasero découvert dans la décharge et tentait de réchauffer sa carcasse endolorie.

On ne le connaissait que sous le sobriquet de

Bob Rob et il se peut que lui-même ne se souvînt plus de son nom. Mais quoi ! L'alcool n'est-il pas le refuge des laissés-pour-compte ? Le peu d'argent qu'il gagnait lui permettait d'acheter de temps en temps une bouteille de mauvais rhum ou de gin, réminiscence de son passé de marin. Et ce soir-là, à cause de ce brouillard givrant qui collait à son pardessus crasseux, Bob Rob avait déjà vidé les trois quarts de sa flasque de « Old John ».

L'intérêt de l'alcool est, certes, de réchauffer mais surtout de changer la réalité en vaporeuse incertitude. Aussi lorsqu'il entendit le bruit régulier et sec de la canne sur le pavage de la berge, bruit régulier et sec qui, se superposant à la monotone rumeur du fleuve, approchait insensiblement de lui, Bob Rob fut pris d'une immédiate panique qui le fit se cacher à plat ventre derrière un bosquet dont les épines le griffèrent au visage.

Le personnage à la canne s'approcha du brasero, regarda à droite et à gauche comme pour s'assurer que personne ne l'épiait. De taille moyenne, il portait une houppelande noire à l'ancienne mode et un chapeau haut de forme qui lui donnait une allure d'aristocrate plutôt que de fêtard. Un cache-col blanc masquait sa bouche et son nez afin de le protéger du froid, à moins que ce ne fût pour dissimuler son visage. Instinctivement il tendit ses mains gantées en direction de la flamme puis, après avoir de nouveau jeté un regard autour de lui, il s'éloigna. Le bruit de sa canne sur les pavés s'évanouit dans l'épaisseur cotonneuse du brouillard. Bob Rob se releva.

Mais qu'était-ce donc ? On aurait dit que du côté des docks des voix s'élevaient soudain, menaçantes, fusant dans la nuit, si bien que le clochard crut ressentir dans son crâne les explosions du gin attaquant son cerveau. Il tituba. Deux personnes se disputaient avec rage. Oui, c'était certain : Bob Rob ne rêvait pas. Ah, il fallait boire encore un peu pour y voir plus clair dans tout ce magma de brouillard qui à présent tournait autour de lui. Et comme il portait la bouteille à ses lèvres, un mot surgit, ou plus précisément un prénom : « Jane », crié si fort que des mouettes éveillées brusquement se prirent à piailler furieusement.

Avait-il bien entendu ? La flasque lui échappa des mains, répandant sur sa poitrine le gin qui restait avant de se casser à ses pieds. Mais le bruit que Bob Rob venait d'entendre n'était pas celui du verre qui se brise. C'était celui d'un corps qui tombe dans l'eau, bruit d'autant plus terrible qu'il fut suivi d'un silence immense. Peut-être des pas s'éloignèrent-ils là-bas, dans l'obscurité glacée. Hébété, abruti, Bob Rob se laissa couler sur le sol où, dans l'instant, il s'endormit, libéré de la turpitude universelle.

Chapitre 2

Sir Malcolm Ivory sourit en déplaçant sa reine. Il connaissait les ruses de sir Archibald Longsborough, qui prétendait être le meilleur joueur d'échecs du club des Scriveners. En fait, le vieil homme n'était jamais parvenu à vaincre son partenaire, mais il faisait partie de ces gens qui croient en leurs rêves au point de se persuader que si la réalité ne s'y ajuste pas, c'est qu'elle se trompe...

Sir Malcolm, lui, appartenait à l'Académie royale et y était considéré comme un champion. Ne lui arrivait-il pas de soutenir vingt parties simultanées et de ne concéder qu'un nul dans ses plus mauvais moments ? Mais sir Archibald ignorait ce détail, et tout en jouant ne cessait de pérorer.

– Mon cher, on me dit que vous êtes collectionneur de ces fleurs affreuses que sont les orchidées. Ne les trouvez-vous pas malsaines ?

– Leur étrangeté m'intéresse. Souvent je me prends à penser qu'elles sont à l'image de l'être humain qui, sous une apparence magnifique, est la plupart du temps une outre à venin.

– Hé là ! Comme vous y allez ! Votre fréquentation des meurtriers vous rend pessimiste ! Vous devriez faire comme moi. J'ai soixante-douze ans et je ne cesse de m'exercer aux échecs, ce qui me protège du gâtisme et de la misanthropie. Et hop ! Je prends votre reine et je dis : échec !

– Et hop, cher ami ! J'avance mon cavalier et je dis : échec et mat !

Sir Archibald fut paralysé de stupeur. Comment n'avait-il pas prévu ce coup-là ? Son visage tourna au blanc, puis au rouge. Il bégaya :

– Sir Malcolm, ce n'est pas fair-play. Vous m'avez amusé avec vos orchidées et en avez lâchement profité.

Sir Ivory rit franchement. Cela faisait un quart d'heure qu'il aurait pu conclure mais il ne voulait pas vexer le vieil homme. Il se leva.

– Sir, j'ai été honoré de jouer avec vous. Je

sens que la prochaine fois vous aurez votre revanche. Votre jeu est original et subtil. Il m'a beaucoup appris.

Sir Longsborough se montra flatté, si bien que lorsque son compagnon le quitta, son amour-propre s'était quelque peu rasséréné.

Un domestique en livrée vint présenter son manteau et son chapeau à sir Ivory, puis lui demanda s'il souhaitait qu'il appelât un taxi. La journée avait été glaciale et humide. Cette nuit était plus rigoureuse encore. Minuit allait sonner mais, malgré l'heure et le brouillard, sir Malcolm décida de rentrer à pied à son appartement de Soho. Il avait trop mangé au restaurant du club et sentait le besoin de marcher un peu. Ah, le ragoût de mouton au curry ! Il s'était laissé aller à en reprendre deux fois.

Le club des Scriveners, où se rencontraient les amateurs de livres rares, d'estampes et de manuscrits, était situé non loin de Somerset House et du King's College, dans une belle demeure de l'époque victorienne. Pour se rendre chez lui, il suffisait à sir Ivory de passer devant Covent Garden, de traverser Leicester Square et de remonter Charing Cross Road. Il avait fait cent fois cette promenade qu'il aimait. Cependant – était-ce par le fait de la purée de pois ? – il lui semblait que le fronton fantomatique des hautes demeures éclairées de place en place par le halo glauque des réverbères électriques n'avait jamais montré un visage aussi romantique. Il pensa à Turner, à son fameux tableau *Incendie sur la Tamise par nuit de brouillard* qu'il avait souvent admiré à la Tate Gallery. Puis il pressa le pas. Quelqu'un le suivait.

Sir Ivory n'était pas de ceux qui font du Londres nocturne un chaudron de sorcière où le vice et la dépravation auraient libre cours. Néanmoins il savait qu'à une heure aussi tardive quelque drogué pouvait fort bien profiter du *fog* pour tenter de dévaliser les passants. Aussi se montra-t-il prudent. Il accéléra le pas. L'autre en fit autant. Le doute n'était plus permis. Il entendait le souffle haletant qui se rapprochait. À l'angle obscur d'une rue il s'arrêta, attendit que son suiveur le dépasse et brusquement lui porta une clé à hauteur de la gorge, le renversant d'un coup sur le trottoir. Puis, sortant sa lampe de poche, il éclaira le visage de l'homme et à l'instant éclata de rire.

– Forbes ! C'était vous ?

Il venait de reconnaître le superintendant Douglas Forbes de Scotland Yard.

– Ah, sir Malcolm, vous pouvez bien rire... Un peu plus et vous me cassiez en deux !

L'officier de police devait toute sa carrière à sir Ivory et l'admirait profondément. Dans leur jeunesse ils avaient lutté côte à côte au Transvaal, le lieutenant sauvant d'une mort certaine le soldat Forbes encerclé par des rebelles de la tribu bandala. De retour en Angleterre, sir Malcolm avait aidé son ami à se faire muter de l'armée à la police londonienne. Il s'y était montré si rigoureux et si compétent qu'il avait été promu à Scotland Yard dont il avait en six ans grimpé tous les échelons. Les mauvaises langues prétendaient que sans l'entregent de sir Ivory il serait demeuré un obscur fonctionnaire dans le quartier de Shoreditch.

Le fait est que pour Forbes sir Ivory était demeuré à la fois une idole et un confident. Irlandais d'origine populaire, il avait pour les Anglais et pour l'aristocratie une vénération naïve. Lorsqu'il était reçu à Falcon Manor, la demeure familiale de sir Malcolm, à l'est de Londres, il lui semblait pénétrer dans un lieu interdit que seule la bonté de son ami lui permettait d'approcher. C'était là que l'aristocrate cultivait ses orchidées et collectionnait ses ouvrages rares. Certains lui venaient de son père, célèbre antiquaire du début du siècle. S'asseoir dans un fauteuil Regency paraissait au superintendant aussi fabuleux que s'il se fût agi du trône de Sa Gracieuse Majesté la reine d'Angleterre.

Sir Ivory l'aida à se relever.

– Mais pourquoi me suiviez-vous ainsi, mon bon Douglas ? J'aurais pu vous faire très mal, vous savez...

Forbes, pantois, fit mine de s'épousseter, ramassa son chapeau et proféra d'un ton qui se voulait professionnel :

– Sir, il me fallait vous parler. J'ai téléphoné à Falcon Manor. Votre cerbère de Dorothea Pickwick a finalement consenti à m'avouer que vous passiez la soirée à votre club. Je m'y suis donc rendu et comme je ne pouvais m'y présenter, j'ai attendu que vous sortiez.

– Je comprends, mais cela ne m'explique pas pourquoi vous ne m'avez pas accosté dès ma sortie.

Douglas baissa la tête comme un enfant pris en faute, puis il se décida.

– Sir Malcolm, il faut me pardonner. Je vais vous paraître bien importun mais je n'ai jamais su où se trouve votre résidence londonienne et il me semble, n'est-ce pas, que pour le service, uniquement pour le service et dans des cas indispensables, il serait bon que cette adresse me soit connue.

Sir Ivory ne put s'empêcher de rire à nouveau.

– Et donc vous me suiviez pour connaître le repaire où je vais me cacher lorsque j'abandonne Falcon Manor... Mais avez-vous songé que, cette nuit, je me rendais peut-être à quelque rendez-vous galant ?

– Oh, sir ! Ma confusion...

Sir Malcolm prit familièrement Forbes par le bras.

– Allons, mon ami, ne restons pas dans ce froid. Et, après tout, vous avez raison. Mieux vaut que vous connaissiez l'adresse de mon appartement si quelque affaire venait à surgir inopinément.

– Justement, il se trouve qu'un terrible crime…

– Tout à l'heure, Douglas. Devant un grog. Mon cerveau gelé serait bien incapable de comprendre vos explications.

Ils marchèrent de concert d'un pas vif et arrivèrent à Wardour Street alors qu'il était une heure et demie. L'appartement que sir Ivory possédait au cœur de Soho lui permettait de s'absenter de son manoir lorsqu'il désirait passer une soirée à Londres ou lorsqu'une affaire criminelle le retenait sur place. Scotland Yard lui demandait de collaborer avec le superintendant Forbes quand des personnages importants se trouvaient mêlés à un meurtre, ce qui, hélas, arrivait de plus en plus souvent en cette époque dissolue.

John Turner, le patron du célébrissime organe de police, avait une confiance totale dans ses méthodes. De surcroît, sir Malcolm ayant horreur de toute publicité autour de son nom, c'était toujours Forbes, et donc le Yard, qui recevait les honneurs de la presse et du gouvernement lors de l'heureuse conclusion d'une enquête...

Sir Malcolm prépara lui-même un grog au whisky, au miel, à la cannelle et au gingembre, puis il alluma une flambée dans l'âtre. Malgré l'heure, les deux hommes se sentaient en excellente condition, le froid leur ayant vivifié le sang.

– Alors, Douglas, ce nouveau crime...

– Ah, sir Malcolm ! Comme dit Mme Forbes, mon épouse, il n'y a plus d'Angleterre !

– Mais encore...

– Le neveu de lord Arnold Boyleston vient d'être assassiné.

– Bigre ! Lord Boyleston, septième comte de Norfolk... Membre héréditaire de la Chambre des lords... Un très grand homme d'affaires, une considérable fortune principalement gagnée en Malaisie dans le caoutchouc, n'est-ce pas ?

– C'est cela même. Votre mémoire m'étonnera toujours.

– Oh, dans ce cas je n'ai aucun mérite. J'avais rencontré lord Arnold à Kuala Lumpur et à Singapour avant l'Indépendance. C'était un personnage autoritaire comme doit l'être un chef d'entreprise, mais d'une rigueur austère qui n'engageait guère à la conversation. Je me souviens de lui comme d'un homme très pieux, membre d'associations liées au redressement moral. Mais peut-être a-t-il changé... Cela fait près de trente ans !

Forbes acheva son grog, sortit de la poche intérieure de son veston le carnet à élastique qui ne le quittait jamais et reprit :

– Un corps a été retrouvé hier matin dans la Tamise entre St Katherine's Docks et Wapping, à la hauteur du pub « Prospect of Whitby ». Le passeport que le malheureux portait sur lui a permis de l'identifier immédiatement. Il s'agissait de Jack Boyleston résidant au 67 St James's Street. Nous avons vérifié. C'est aussi l'adresse de son oncle.

– Belle adresse ! apprécia sir Ivory. Juste à côté du Carlton Club !

– Mme Forbes, mon épouse, dit toujours : « Qui se ressemble s'assemble. » St James's Street pour les dents en or, Dung's Street pour les pauvres...

Sir Ivory s'insurgea :

– Votre épouse serait-elle anarchiste ?

– Certes non, sir Malcolm ! Pourquoi dites-vous ça ?

– Revenons-en à notre noyé, voulez-vous ?

Sentant que son riche interlocuteur s'était vexé de sa malheureuse comparaison, le superintendant bafouilla :

– Oh, je ne me serais pas permis... Sir, je vous présente mes excuses. Ce n'était qu'une locution populaire, vous comprenez...

– Et donc, ce noyé...

– Eh bien, sir, il apparaît d'après les premières constatations que ce Jack Boyleston a été jeté à l'eau après avoir été tué d'un coup d'épée en plein cœur.

– Un duel, peut-être ? Sait-on à quelle heure remonte la mort ?

Forbes consulta à nouveau son carnet.

– Vers onze heures du soir.

– Voyons ; il est une heure et demie, nous sommes jeudi matin. Ce serait donc mardi soir, tard dans la soirée, que le crime a eu lieu – s'il s'agit d'un crime...

– C'est un crime.

– S'il y a eu duel, ce peut être un accident malencontreux. On se bat au premier sang et le malheur arrive.

– Le corps mort a ensuite été traversé par deux autres coups d'épée qui n'ont pas saigné. On voulait vraiment s'assurer que l'homme avait été tué.

Sir Malcolm réfléchit un bref instant puis demanda :

– Ce Jack Boyleston était-il marié ?

– Célibataire. C'est sans doute pour cette raison que malgré ses 30 ans il vivait toujours chez son oncle. D'après ce que j'ai appris, il aurait été orphelin très jeune et lord Boyleston l'aurait recueilli et traité comme son propre fils.

– N'a-t-il pas déjà un fils ?

– Si. William. Vous en avez certainement entendu parler... Il a 30 ans lui aussi et adore les voitures, les rallyes...

– Cela ne ressemble pas au portrait que j'ai gardé de son père...

– Oh, vous savez... Les jeunes d'aujourd'hui !

Sir Malcolm se leva.

– Eh bien, cher Douglas, si je comprends bien votre démarche nocturne, à première vue incongrue, John Turner vous a prié de me solliciter.

– Lord Boyleston est un homme considérable. Son influence politique est très importante. Il va falloir du doigté, n'est-ce pas, et vous êtes si bien introduit dans l'aristocratie...

– Inutile de me flatter, Douglas. Dites à Turner que j'accepte une fois encore de vous aider, bien que je ne sois qu'un amateur, après tout.

Le superintendant se rengorgea :

– C'est un honneur pour moi, sir.

– Bonne nuit, mon ami. Et pensez quand même à ceci : que pouvait bien aller faire un

Boyleston du côté des docks à onze heures du soir ?

– Un duel, comme vous l'avez dit.

– Mais non ! Je m'égarais. Pas à cette heure-là ! D'ailleurs les duels sont passés de mode. À part quelques originaux en mal de publicité... Mais, dans ces cas-là, on est averti par les journaux qu'ils se sont empressés d'ameuter...

– Alors, l'épée ?

– En y réfléchissant mieux, je serais prêt à parier qu'il s'agissait, en fait, d'une canne-épée. À dix heures à la morgue du Yard, mon cher Douglas. Et couvrez-vous bien.

Le superintendant retrouva son manteau et son chapeau, puis sortit. Sa silhouette disparut bientôt dans le brouillard. Pour lui, sir Ivory demeurerait toujours une énigme.

Chapitre 3

La morgue du New Scotland Yard était située, dans les années 60, au-dessous des nouvelles constructions que l'on achevait d'édifier afin de réorganiser la police du Grand Londres. Créé en 1829 par le ministre Robert Peel, le célèbre organisme avait beaucoup évolué depuis que Sherlock Holmes y avait rencontré le commissaire Lestrade. À la pointe de la recherche scientifique, le nouveau Yard pouvait s'enorgueillir de posséder les laboratoires les plus sophistiqués de la criminologie contemporaine.

Néanmoins, sir Ivory regrettait le temps où, jeune encore, il fréquentait les anciens bâtiments du Yard avec leurs locaux poussiéreux, leurs poêles à charbon et leurs bureaux victoriens. Sans doute les premiers ordinateurs importés d'Amérique permettaient-ils de gagner du temps lors de recherches ponctuelles, mais aucun d'entre eux ne pouvait réfléchir et remonter les méandres de la pensée d'un criminel jusqu'à la source de son acte. Ces machines parviendraient-elles, quelque jour, à battre un champion d'échecs ? Sir Malcolm ne le pensait pas, lui qui l'emportait en ce noble art non par déductions systématiques mais par ce qu'il nommait « les glissements de mes précieuses petites méninges ».

Il fut accueilli par le docteur Gardner, l'un des médecins légistes les plus compétents du Royaume. Petit, chauve, avec des yeux globuleux qui le faisaient ressembler à une grenouille, il dirigeait le laboratoire du *Central Investigations Department*, la section criminelle du Yard. Sir Ivory admirait sa compétence, sa précision et aussi son humour. Les deux hommes, au fil des enquêtes, avaient eu tout le loisir de s'apprécier. Une amitié discrète, un peu distante, en était née.

– Sir Malcolm ! Je parierais que vous venez voir notre nouveau pensionnaire, le jeune Boyleston...

– C'est exact. L'autopsie a-t-elle eu lieu ?

– Hier soir. Suivez-moi, je vous prie.

À travers de blancs couloirs de clinique, ils se rendirent dans la salle où les corps reposaient dans des casiers réfrigérés. Un employé à casquette et à gants blancs ouvrit l'un des portillons, tira sur une poignée, faisant ainsi glisser le tiroir. Sous un linceul blanc le cadavre apparut. En silence, le préposé tira le drap à hauteur du visage.

– Beau garçon, remarqua Gardner. Comme vous le constatez, il n'est ni gonflé, ni violacé comme ce serait le cas s'il s'était noyé. Aucune eau dans les poumons. Il était donc bien mort avant d'être jeté dans la Tamise.

– Des ecchymoses ?

– Aucune. Il a été tué d'un seul coup par une lame fine qui lui a traversé directement le cœur. Ensuite, deux autres coups lui ont été portés à l'abdomen, vraisemblablement par la même lame.

– Immédiatement après le coup mortel ?

– Certainement.

– L'homme était-il fumeur ? Buveur ?

– Les deux. Poumons déjà encrassés et foie légèrement hypertrophié. S'il avait continué comme ça, il n'aurait pas dépassé la cinquantaine…

– À ce point ?

– Toutes les caractéristiques de ce que l'on appelle un très bon vivant. Vous voyez ce que je veux dire…

– Maladie vénérienne ?

– Pas de séquelle discernable.

– Drogue ?

– Aucun indice.

Sir Ivory considéra un long moment le visage de Jack Boyleston. Il avait souvent remarqué que la mort figeait les traits dans une attitude significative du caractère de la personne. Et certes, les traits étaient réguliers, les lèvres belles, le nez légèrement busqué, mais il se dégageait de l'ensemble un air de supériorité hautaine, voire de mépris, qui ne le rendait guère sympathique.

– Puis-je voir ses mains ?

Le préposé ôta le drap. Le corps apparut totalement nu. On voyait la grande cicatrice de l'autopsie qui partait de la gorge jusqu'au bas-ventre. À vingt ans, Boyleston avait dû être un véritable athlète. Depuis, il s'était empâté. Les mains étaient celles d'un homme qui n'a jamais travaillé à des tâches pénibles. Elles avaient dû être manucurées récemment.

– C'est bien. Je pense que le superintendant Forbes va arriver d'un moment à l'autre. Je l'attendais à dix heures et il est dix heures et demie passée. Sans doute vous autorisera-t-il à rendre ce garçon à la famille.

Par un ascenseur dans lequel on entendait une légère musique classique, le docteur Gardner entraîna sir Ivory dans son bureau au deuxième étage. On se fût cru dans un aquarium. De la baie on voyait la Tamise en contrebas et Westminster Bridge. Tout ici était fonctionnel, aseptisé et baignait dans une lumière douce destinée probablement à la concentration. Sir Ivory s'assit avec précaution sur un siège fait de tubes métalliques et de matière plastique transparente. Il avait en horreur ce genre de modernisme.

Une jeune femme en uniforme vint leur servir le café, puis apparut le lieutenant Findley, nouveau et fringant collaborateur de Douglas Forbes. Sir Malcolm ne l'avait encore jamais rencontré. Il apportait avec lui les sacs réglementaires dans lesquels avaient été placés les effets du mort. On les ouvrit et on les disposa sur une table au-dessus en verre qui devait être placée là pour cet usage.

Le costume que portait la victime était en tissu prince-de-galles gris, coupé par un des tailleurs les plus huppés de Londres, « David Nash-Borrow dans Brook Street, jouxtant le Claridges », comme il était indiqué sur l'étiquette tissée à l'intérieur du veston. Le manteau de cachemire noir au col rehaussé de renard roux devait valoir une petite fortune. Chemise, chaussettes et souliers venaient sans nul doute des meilleures boutiques de Kensington High Street ou de Regent Street. La montre-bracelet en or avait été achetée en France, chez Cartier. En revanche, la cravate semblait appartenir à un autre propriétaire tant elle tranchait sur l'élégance de l'ensemble par une vulgarité que sir Malcolm attribua d'emblée à l'influence américaine. Le sourire de Marilyn Monroe s'y affichait sur un fond vert épinard.

– C'est très curieux, fit sir Ivory.

– Quoi donc ?

– Lorsqu'il a été touché par la lame, son manteau et son veston devaient être ouverts, à moins qu'il ne les ait retirés peu avant. Seule la chemise est transpercée à hauteur du sein gauche. Or, avec le froid qu'il faisait, on eût pu s'attendre à ce que la victime se fût chaudement couverte.

– C'est exact, approuva le lieutenant Findley. D'ailleurs, est-il concevable que, pour une raison ou une autre, l'homme se soit mis en manches de chemise, et qu'après l'avoir tué son assassin l'ait rhabillé avant de le jeter dans le fleuve ?

Sir Ivory acheva son café et reprit :

– La réponse est simple. Regardez à l'intérieur du veston cette tache qui ne peut être que du sang. L'hémorragie a dû être brève puisque le cœur a été foudroyé. Il n'empêche qu'un peu de sang ayant traversé la chemise est venu souiller la doublure. D'où j'en déduis que Jack Boyleston portait bien la veste au moment du coup mortel mais qu'elle était ouverte, de même que le manteau. Et je le répète : par un tel froid, c'est curieux. Lieutenant, voyez-vous une explication à ce fait ?

– Peut-être à ce moment-là voulait-il prendre son portefeuille... hasarda Findley.

– Excellent ! Jeune homme, je vous félicite. La victime voulait prendre quelque chose à l'intérieur de son veston. Voyons donc les objets que vous avez découverts dans ses poches et, très précisément, dans quelle poche chacun d'eux se trouvait.

– À vos ordres, sir. Dans la poche droite du manteau, un mouchoir en boule utilisé, cette paire de gants de cuir noir fourré, ces pièces de monnaie ; dans la poche gauche, ce canif à crosse de nacre et un mouchoir propre et plié. Rien dans les poches intérieures du manteau.

– Il me semble avoir déjà vu cette sorte de canif, remarqua sir Malcolm.

– Oh oui, dit Findley. C'est un modèle très à la mode dans un certain milieu fortuné. Il a été lancé par Spencer. Rien de bien dangereux.

– Continuez, lieutenant.

– À vos ordres, sir. Dans la poche extérieure droite de la veste se trouvait ce jeton de laiton portant gravé le numéro 230. Sans doute un jeton de consigne mais rien n'indique d'où il vient. Dans la même poche était ce morceau de bristol avec une inscription à la main qui, malheureusement, a été brouillée par le séjour du corps dans l'eau.

– Je vais le soumettre au laboratoire, dit Gardner.

– Dans la poche extérieure gauche, rien. En revanche, dans la poche intérieure gauche du veston nous avons trouvé ce passeport, trempé mais assez lisible pour que nous puissions identifier la victime. À l'intérieur avaient été d'ailleurs glissées deux cartes de crédit, l'une du Diners Club, l'autre de l'American Express, les deux à son nom. Dans la poche intérieure droite, ce peigne sans étui.

Sir Ivory remarqua :

– Peigne en matière plastique rose comme on en vend à la sauvette dans le métro.

– Une qualité regrettable, dit Gardner.

– Et d'où vient cette liasse de billets de banque ? demanda sir Ivory en désignant un paquet de livres sterling en grosses coupures que le lieutenant venait de sortir du sac réglementaire.

– De la poche gauche du pantalon. Il y a là 2 000 livres, sir…

– C'est une grosse somme, et que l'on ne s'attendrait pas à trouver dans la poche d'un pantalon appartenant à un Boyleston. Dans ce milieu on ne se promène pas avec de l'argent liquide, que je sache !

À ce moment, la porte du bureau fut poussée

avec vigueur. Le superintendant Forbes entra brusquement. Il paraissait dans tous ses états. Interrompant sir Ivory, il s'écria :

– Ah, quelle histoire ! Quelle histoire !

– Allons, remettez-vous, fit sir Malcolm. Que vous arrive-t-il ?

Forbes s'effondra sur un siège métallique au risque de le briser sous son poids.

– Je serais arrivé à l'heure s'il n'y avait eu ce coup de fil interminable de sir William Waterhouse, le conseiller royal... « Forbes, il vous faut trouver immédiatement le coupable. Buckingham Palace ne veut pas que la presse travailliste s'empare de l'affaire. Lord Arnold Boyleston est un membre influent de la Chambre. Certains n'hésiteraient pas à vouloir ternir son image, lui qui est l'un des plus fervents défenseurs de la morale publique. » Et j'en passe...

Sans doute le cher homme avait-il peu dormi depuis l'heure avancée de la nuit où il avait quitté l'appartement de Wardour Street. Ses traits tirés, ses cheveux en désordre témoignaient de son désarroi tout autant que la confusion de ses paroles. Ah, si les meurtres ne se commettaient que dans les classes inférieures et moyennes de la société.

Sir Ivory s'éloigna de la table où les effets de Jack Boyleston étaient éparpillés.

– Ces vêtements et ces objets nous renseignent sur le genre d'homme qu'était la victime : un mélange d'élégance due au rang et à la fortune de son oncle et de vulgarité due à son propre caractère.

– Eh là, s'écria Forbes, n'est-ce pas un jugement excessif ? Il semble que lord Boyleston l'a chéri, tout autant que son fils William, en tout cas.

– Nous verrons cela. J'ai d'abord accepté de m'occuper de cette affaire pour être agréable à John Turner et à vous-même, mon cher Douglas. Maintenant, je peux vous dire qu'elle m'intéresse au plus haut point. Ce Jack Boyleston excite mes chères petites méninges. Avoir une liasse de 2 000 livres dans la poche de son pantalon en prince-de-galles, et se promener ainsi aux alentours des docks à onze heures du soir par une température de – 10° dénote une certaine originalité, ne trouvez-vous pas ? Et puis, il y a ce peigne ridicule, ce peigne à deux pence ! Ah, messieurs, nous ne sommes pas au bout de cette affaire-là !

Sur ces paroles, sir Ivory se retira.

Chapitre 4

Dorothea Pickwick reposa le combiné du téléphone avec colère. Pour qui se prenait-il, ce lord Boyleston ? Jamais, depuis quarante ans qu'elle était au service de la famille Ivory, elle n'avait été traitée avec autant d'arrogance. Sir Philip, le célèbre antiquaire, l'avait engagée comme gouvernante de Falcon Manor, la somptueuse demeure qu'il avait meublée de façon luxueuse par ses trouvailles les plus précieuses.

Au décès de sir Philip, sir Malcolm était devenu le maître, mais elle gardait toujours de lui le souvenir d'un jeune homme perdu dans des lectures qu'elle jugeait absconses : ouvrages de botanique, encyclopédies médicales, traités du jeu d'échecs. Ensuite, il avait voyagé longuement, surtout en Extrême-Orient, et la brave femme n'avait jamais compris que l'on pût ainsi courir le monde lorsque l'on avait la chance de posséder un « chez soi » aussi agréable que le manoir.

Lord Boyleston l'avait vexée. Aussi avait-elle décidé de ne pas téléphoner à sir Malcolm pour lui faire part de l'invitation qu'il lui avait intimé l'ordre de transmettre. Mais lorsqu'une demi-heure plus tard, le même personnage l'avait rappelée et avait évoqué une sombre histoire de meurtre, elle s'était décidée à appeler le numéro de Wardour Street. Oh, ce n'était pas sans réticence ! Elle s'était toujours demandé ce qu'un Ivory pouvait bien faire dans le quartier de Soho, qui lui paraissait être un des endroits les plus louches de la planète... Elle ne parvint à joindre sir Malcolm que vers midi, à son retour du Yard.

– Que se passe-t-il, ma bonne Dorothea ? Je vous sens agacée.

– Un homme... un certain lord Boyleston m'a grossièrement téléphoné. Ah, ce n'est pas parce qu'on est un lord...

– Et que vous a-t-il dit ?

– Dire ? Ce n'est pas un homme qui dit ! Il ordonne !

– Et qu'a-t-il ordonné ?

– Que vous vous rendiez chez lui immédiatement. Immédiatement ! Comme si vous étiez son valet ! D'ailleurs il s'agit encore d'un crime, sir Malcolm. Et si vous abandonniez ces gens-là à leurs turpitudes et alliez à la chasse à la grouse comme votre père...

– J'y penserai.

Il connaissait si bien l'humeur de la vieille gouvernante qu'il acceptait toutes ses remontrances avec humour. Il prit son manteau, ses gants et son chapeau, puis sortit dans Wardour Street et se fit conduire par un taxi au 67 St James's Street. Si lord Boyleston l'appelait, c'est qu'il savait déjà par John Turner que Scotland Yard l'avait engagé. Le superintendant l'avait prévenu : Buckingham Palace s'intéressait de près à l'affaire. Il allait falloir jouer avec une infinie délicatesse.

Un domestique sévère, en queue-de-pie et gants blancs, le fit entrer dans un salon plongé dans une demi-obscurité. Le lieu aux volets tirés était d'une froide austérité. Aucune main féminine n'était venue y disposer quelques détails chaleureux. On eût dit qu'une fine poussière recouvrait les quatre fauteuils de cuir noir installés symétriquement autour d'une lourde table de marbre. Aux murs, la tapisserie arborait des rayures verticales vert bouteille et rouge sombre qui enserraient la pièce dans un filet d'ennui. Une odeur de naphtaline et de cire accentuait la vieillerie de ce sombre ensemble.

Lord Arnold Boyleston apparut bientôt. Sir Ivory avait gardé de lui le souvenir d'un homme robuste, en pleine maturité, sûr de lui-même. Il le retrouva légèrement voûté, le visage jaune des hépatiques. Son costume noir lui donnait une allure de clergyman de province. Mais dès qu'il commença à parler, tout changea. Il se redressa vivement. Ses yeux devinrent fiévreux. D'une voix forte, il s'écria :

– On n'avait pas le droit d'agir ainsi avec notre famille ! C'est une ignominie !

– Veuillez croire, *my lord*, que toute l'Angleterre...

– Laissez l'Angleterre où elle est ! Les gens sont devenus médiocres, attachés à des loisirs sans intérêt. La démocratie a distillé le laxisme le plus odieux dans les masses populaires. C'est une honte !

Sans doute s'exprimait-il ainsi à la Chambre

des lords face à ses adversaires. Sir Ivory crut bon de changer de sujet.

– J'ai eu l'honneur de vous être présenté à Singapour, il y a une trentaine d'années.

– Ah, c'était l'époque où la Couronne régnait sur la moitié du monde, ou presque ! Aujourd'hui on veut faire l'Europe ! L'Europe ! Qu'est-ce que c'est que ça, l'Europe ? Comme si les Allemands et les Français étaient capables de devenir britanniques !

– Vous possédiez en Malaisie de très importantes exploitations de caoutchouc, il me semble...

– Lorsque l'on est né comme moi dans un milieu fortuné et prestigieux, il importe de prouver aux autres et à soi-même que l'on est capable d'édifier sa propre existence sans rien devoir au passé. Je ne cesse de le répéter à mon neveu et à mon fils : la volonté de conquête et la passion de l'ordre sont les deux moteurs de la dignité et de la responsabilité. Mais, au fait, avez-vous déjeuné ?

Sir Ivory, fort étonné, répondit que non.

– Parfait. Vous restez. Suivez-moi.

Il avait soixante ans et en paraissait davantage. Sir Ivory avait suivi de loin sa carrière à travers les comptes rendus de journaux qui évoquaient ses réussites financières et ses positions politiques. L'homme se voulait le défenseur de l'aristocratie et le pourfendeur des mœurs, à ses yeux dissolues, de l'époque.

Ils traversèrent une enfilade de pièces toutes plongées dans une demi-obscurité qui semblait être la règle, puis ils entrèrent dans une salle à manger où quatre couverts avaient été disposés sur une longue table qui devait venir du château familial. Lord Arnold frappa dans ses mains. Une vieille domestique toute tremblante apparut.

– Gasper, ajoutez un cinquième couvert et dites à madame que nous allons déjeuner immédiatement.

Il terrorisait sa domesticité. Sir Ivory se demanda s'il agissait de même avec ses proches.

– Sir Malcolm, je suis satisfait que John Turner vous ait choisi pour vous occuper de notre malheureuse affaire. Je ne fais confiance ni aux policiers qui sont des balourds, ni aux journalistes qui sont des menteurs et encore moins aux Travaillistes toujours prêts à cracher sur les lambeaux de noblesse qui demeurent dans ce pays.

À ce moment, une femme d'une grande beauté entra. Sir Ivory en fut frappé. Elle portait une chevelure blonde nouée en un chignon à la Botticelli agrémenté d'un fin diadème de perles. Ses yeux bleus brillaient doucement dans un visage à l'ovale parfait, au nez droit, aux lèvres spirituelles. Une robe simple, de la même couleur que ses yeux, recouvrait son corps encore juvénile. Un seul bijou, un camée de la Renaissance italienne, ornait le bas de son sage décolleté.

Lady Elisabeth Boyleston était connue pour sa modestie et sa bonté. Menue, fragile, elle portait ses cinquante ans avec la grâce d'une jeune femme. La presse se faisait l'écho de ses apparitions dans des *parties* caritatives qui semblaient bien être ses seules sorties mondaines. Elle fit un léger signe de tête en direction de sir Malcolm et sembla s'évader de l'instant présent.

Derrière elle, parut une jeune fille rousse dont les yeux rouges montraient qu'elle venait de pleurer. Elle était plutôt jolie avec son semis de taches de son sur le visage, son petit nez en trompette et son maintien d'adolescente intimidée. Sir Malcolm crut d'abord qu'elle était une fille Boyleston, puis il se souvint que l'aristocrate n'avait eu qu'un garçon, William, l'amateur de rallyes automobiles qui, justement, arrivait à la suite de la jeune fille.

– Père, veuillez bien pardonner à ma fiancée. Bettie ne se sent pas très bien.

Il ressemblait à sa mère. Son visage ouvert ne manquait pas de charme. Il avait le regard direct des adeptes de la compétition. Il vint serrer la main de sir Ivory, puis alla rejoindre Bettie. Lord Arnold récita le bénédicité puis on s'assit, lady Elisabeth à un bout de table et son époux à l'autre extrémité. William et Betty prirent place côte à côte. Sir Ivory se retrouva en face d'eux.

– J'ai demandé à sir Malcolm Ivory de partager notre frugal repas, commença le maître de maison, afin qu'il puisse constater que nous ne sommes pas semblables à l'idée fallacieuse que le peuple se fait de nous. Notre image d'intégrité doit, à tout prix, demeurer intacte. Ce que je vais vous dire est important pour la suite des événements. Vous allez être interrogés par des policiers. Ne parlez pas. Notre avocat, maître Ross, répondra à votre place. Il est d'ores et déjà prévenu. Des journalistes tenteront de vous faire bavarder, de vous photographier.

Refusez tout ! C'est une espèce méprisable. Le moindre de vos propos ou de vos gestes serait déformé, et Dieu sait comment ! Est-ce compris ?

William voulut prendre la parole :

– Puis-je me permettre…

– Tais-toi ! Je n'ai pas fini de parler. Comprenez que la disparition tragique de Jack sera exploitée. On nous veut du mal. N'oubliez jamais cela. Sir Malcolm ici présent nous défendra contre la brutalité bornée de la police. C'est lui que je charge personnellement de l'enquête. Est-ce compris ?

Bettie éclata en sanglots.

– Arnold, fit lady Elisabeth d'une petite voix, vous angoissez cette enfant…

– Si elle veut entrer dans notre famille, il lui faudra montrer un peu plus de courage... Croyez-vous que la disparition de Jack me soit légère ?

Il parlait pour ne pas penser. La vieille servante vint apporter le haddock. Il pesta :

– Gasper, devrais-je vous rappeler que vous devez changer de tablier tous les jours ?

Bettie se leva brusquement, suivie de William. Ils quittèrent la salle à manger sans un mot.

– Arnold, reprit la petite voix, vous êtes... Comment vous dire ?

– Je sais. Et c'est aussi bien que les enfants soient partis. Ils manquent de volonté, de courage. Sans eux nous pourrons parler plus à notre aise. Sir Malcolm, servez-vous. Et puisque vous êtes chargé de l'enquête, n'hésitez pas. Interrogez-moi.

– *My lord*, votre confiance m'honore particulièrement. Je serai, en effet, obligé de poser quelques questions parfois un peu personnelles, vous le comprenez...

– Pas trop intimes, j'espère... ?

– Bien entendu. Et d'abord, pouvez-vous me parler de feu votre neveu ?

Lord Boyleston posa sa fourchette et, après un instant de réflexion :

– Il était comme mon fils. Nous l'avions recueilli à la mort de ses parents, mon frère cadet et son épouse, qui périrent dans l'incendie de leur chambre à coucher au château de Clifford. Vous avez peut-être souvenir de cette tragédie... Un court-circuit. Bref, Jack ayant le même âge que William, a été élevé avec lui.

– Quel âge avait-il au moment du drame ?

– Huit ans.

– En a-t-il été marqué profondément ?

– Pas spécialement.

La petite voix de lady Elisabeth s'éleva, frémissante :

– Arnold, vous ne connaissez pas le cœur humain... Cet enfant a souffert mais il le cachait par pudeur.

– Admettons. Le fait est qu'il eut la même enfance, puis la même jeunesse que William, comme s'ils étaient jumeaux.

– S'entendaient-ils aussi parfaitement que des jumeaux ?

– Oui et non. Oui, parce qu'ils étaient aussi liés que peuvent l'être deux frères. Non, parce que leurs tempéraments étaient fort différents. William est un garçon appliqué, intellectuel, doublé d'un sportif. Jack était un caractère plus difficile...

– Très difficile, reprit la petite voix.

– Quelles études ont-ils suivies l'un et l'autre ?

– Eton. William a ensuite brigué un doctorat en droit qu'il a obtenu haut la main. Il commence à s'impliquer dans mes affaires. Je l'en crois digne.

– Et Jack ?

– À sa sortie d'Eton, il a préféré entrer directement dans le commerce.

– Lequel ?

– Export-import chez Caldwin and Sotter. Vous comprenez, n'étant que mon neveu, il n'était pas question qu'il vînt s'introduire dans mes affaires.

– Je comprends. Pensez-vous que son commerce aurait pu l'amener à porter sur lui 2 000 livres ?

– En billets ?

– Dans la poche de son pantalon.

Lord Boyleston se montra fort surpris.

– On ne porte pas de liasses de billets dans la poche de son pantalon. En tout cas, pas chez nous. Je veux dire... dans notre milieu.

– Vous n'avez donc aucune idée de la raison pour laquelle il aurait pu avoir sur lui une telle somme ?

– Aucune. C'est même extravagant.

Sir Ivory changea brusquement de sujet. C'était l'une de ses tactiques pour désorienter ses interlocuteurs.

– Saviez-vous si votre neveu avait l'habitude de se rendre du côté de St Katherine's Docks ou de Wapping ?

– Certainement pas ! Ce sont des quartiers qui ne sont pas convenables.

– C'est pourtant là qu'il a été agressé. Dites-moi, *my lord*, quel est votre sentiment sur ce meurtre ?

– J'ai des ennemis prêts à tout pour me nuire. Des ennemis politiques, surtout. Mais on ne peut non plus exclure un crime crapuleux.

– Une crapule lui aurait volé ses 2 000 livres…

– C'est vrai. Alors il ne reste que l'hypothèse d'un traquenard politique. On veut entacher mon nom.

– À moins qu'il ne s'agisse d'une affaire liée aux activités commerciales de Caldwin and Sotter…

– Ils font le commerce de la laine…

Sir Malcolm se tourna vers lady Elisabeth dont le regard paraissait égaré en direction de la fenêtre.

– Madame, puis-je me permettre une question ?

– Pardon. Oui. Ah, si vous voulez…

Elle posa ses beaux yeux bleus sur sir Ivory qui en fut tout retourné.

– Votre neveu était-il fiancé ou entretenait-il quelque sentiment pour quelqu'un ?

– Jack ? Je ne pense pas. Il était très discret, vous savez... N'est-ce pas, Arnold ?

Lord Boyleston émit un grognement qui devait être un assentiment. Sir Malcolm revint vers lui :

– Je me souviens qu'à Singapour vous collectionniez les cannes. Est-ce toujours le cas ?

– Non.

– Vous en aviez de superbes…

– Sir Ivory, est-on ici pour évoquer de semblables babioles ?

– Dans une enquête, certaines babioles sont essentielles. Mais revenons-en à votre neveu. Cet appartement était-il encore son habitation habituelle ?

– Nous possédons les trois étages de cet immeuble. Mon fils vit au second et Jack au troisième.

– J'ai aussi un atelier au troisième, fit lady Elisabeth.

– Un atelier ?

– Oh, j'aime bien peindre les fleurs.

– Permettez-moi de vous féliciter. L'amour de l'art et de la nature…

Lord Arnold s'interposa :

– Nous nous égarons. Jack habitait au troisième étage lorsqu'il était à Londres. Ses activités l'obligeaient à voyager. Aussi n'étions-nous au courant de ses allées et venues que lorsqu'il venait nous rendre visite. Ce n'était plus un enfant, n'est-ce pas, et d'ailleurs vous imaginez bien que j'avais assez de préoccupations sans m'occuper de son emploi du temps.

– Cela pour me dire que vous ignoriez où ce malheureux soir...

– C'est exact. Je le croyais sur le continent mais je ne sais pas trop pourquoi.

– Quand l'avez-vous vu pour la dernière fois ?

– La semaine dernière. Il est venu partager notre dîner.

– Et vous, lady Elisabeth ?

– Oh oui, certainement. C'était samedi dernier. Une bien triste fin, n'est-ce pas ?

Sir Ivory avait achevé depuis longtemps son haddock. Aucun autre plat ne fut apporté. Lord Boyleston se leva.

– Vous voyez que nous n'avons pas grand-chose à vous apprendre, hélas...

– Une simple question de curiosité : de quelle famille est issue la charmante fiancée de votre fils ?

– Je ne vois pas l'intérêt de vous répondre, mais comme vous iriez fureter partout pour le savoir, je vous le dis : elle est la fille de sir Henry Nelson.

– Les Nelson de Nelson and Thompson ?

– Eux-mêmes. Belle famille, n'est-ce pas ? Vieille souche aristocratique... Les descendants directs de l'amiral, le vicomte Horatio Nelson, notre héros ! Nous sommes très liés. Cela dit, veuillez bien nous laisser, sir Malcolm. J'ai des affaires urgentes à régler.

– Je n'en doute pas, *my lord*, et je vous remercie de votre accueil. Pourrais-je parler à votre fils, ne serait-ce qu'un instant.

– Non.

– Et pourquoi donc ?

Lord Boyleston ne répondit pas, frappa dans ses mains, ce qui fit surgir le domestique en queue-de-pie.

– Ballister, veuillez reconduire monsieur.

Lady Elisabeth tendit une main élégante à sir Ivory qui, après l'avoir baisée cérémonieusement, s'éloigna.

Chapitre 5

Dans son automobile de fonction, le superintendant Forbes attendait patiemment sir Ivory au pied de l'immeuble des Boyleston. Il avait appris par Dorothea Pickwick que sir Malcolm avait été convoqué au 67 St James's Street et il lui tardait de connaître le résultat de cette entrevue.

– Décidément vous me suivez, mon bon Douglas…

– Simple obligation professionnelle. Nous devons travailler en équipe, n'est-ce pas ?

Sir Ivory monta à l'arrière de la voiture à côté du policier.

– Où allons-nous ? demanda-t-il.

– Peut-être à votre appartement… proposa

Forbes. Nous y serons plus à l'aise pour parler.

– Devant un bon whisky, sans doute...

– Oh, sir Malcolm, je ne voudrais pas que vous pensiez...

– Eh bien, non. Nous allons nous rendre aux bureaux de Caldwin and Sotter.

– Qui est-ce ?

– Des négociants en laine ou quelque chose comme ça. Jack Boyleston y travaillait. Je veux mieux comprendre qui était ce garçon-là.

Forbes se pencha pour parler au sergent qui conduisait le véhicule.

– Appelez le Yard pour connaître l'adresse londonienne des Établissements Caldwin and Sotter.

Tandis que le sergent utilisait le téléphone de la voiture, le superintendant se montra impatient de connaître le sentiment de sir Ivory sur la personne de lord Boyleston.

– Je crois qu'il me prend pour un imbécile.

– Vous ? Sir Malcolm !

– Ces hommes habitués au pouvoir oublient la réalité des autres pour suivre leur idée fixe. Lord Arnold m'a offert un petit spectacle destiné à me circonvenir. En fait, il est beaucoup plus touché par la mort de son neveu qu'il ne veut le laisser paraître. De surcroît, il craint que cette affaire ne jette un éclairage déplorable sur lui et sa famille. Il est très soucieux de sa respectabilité. Et bien que tout le monde sache que sa fortune est immense, il a tenu à me recevoir comme un pingre. « Vous allez partager notre frugal repas. » Du haddock ! Je doute que ce soit le menu habituel de la maison... Ajoutez à cela que l'homme est bien décidé à ne pas collaborer avec la police ni d'ailleurs avec moi, et vous aurez un tableau à peu près complet de ses intentions.

– Pourquoi agit-il ainsi ? Aurait-il quelque chose à cacher ?

– C'est un orgueilleux. Il enrage de devoir se soumettre à une enquête, de retrouver son nom dans les pages des faits divers. Et, par-dessus tout, il craint que ses adversaires politiques n'en profitent. Jusqu'à présent, il a réussi à museler la presse mais cela ne pcut durer longtemps. Avez-vous remarqué les photographes de l'autre côté de la rue ?

– Tandis que je vous attendais, des journalistes sont venus m'interroger. Évidemment je les ai renvoyés à John Turner...

Le sergent se retourna.

– Sir, l'adresse des bureaux de Caldwin and Sotter : 42 Albany Road dans le quartier de Walworth.

– Sergent, allons-y.

La voiture démarra dans un grand crissement de pneus.

– Eh, s'écria sir Malcolm, veuillez tempérer les ardeurs de ce sergent ! J'ai la vitesse en horreur. Quand je pense que le fils Boyleston adore les rallyes ! Mais, dites-moi, Douglas, où en est le Yard dans notre affaire ?

Le superintendant sortit le carnet à élastique dans lequel il consignait le détail des enquêtes. Il admirait la mémoire de sir Ivory qui, lui, ne notait jamais rien.

– Voyons... Ah, le laboratoire a réussi à lire un nombre sur le bristol détrempé qui se trouvait dans l'une des poches de la victime. Il s'agit de 59874. Nous cherchons à quoi il peut correspondre mais pour l'instant nous n'en avons aucune idée.

– Ensuite ?

– Un policeman, en faisant sa ronde du côté de l'endroit où l'on a retrouvé le corps, a recueilli le témoignage d'un ivrogne, une sorte de clochard qui, la nuit du meurtre, aurait vu ou entendu quelque chose. Mais ce peuvent être des propos sans intérêt, l'homme serait dans un état de très relative lucidité et prêt à raconter n'importe quoi contre une bouteille de gin.

– À vérifier. Et encore ?

– Le jeton en laiton portant le nombre 230 appartient à une case de consigne, vraisemblablement de gare. Nous avons lancé une équipe là-dessus qui va vérifier toutes les consignes de Londres. Sauf coup de chance cela peut prendre un certain temps.

– Et le peigne ?

– Quel peigne ? Ah oui... Vous voulez que l'on enquête sur ce peigne ? Mais c'est un modèle de bazar très courant ! Il doit en exister des centaines de milliers !

– C'est justement ce qui m'intrigue... Nous voilà arrivés.

Les bureaux de Caldwin and Sotter étaient installés dans un vieil immeuble à la façade grise qui ne devait pas avoir été ravalée depuis l'époque de la reine Victoria. Mais dès le hall franchi, tout changeait. L'intérieur avait été aménagé à la dernière mode avec des parois métalliques amovibles permettant de modifier la superficie des bureaux selon les besoins, et pourvu de tubes au néon en cercle, en rectangle, en spirale, qui du plafond distribuaient une lumière crue.

Derrière un comptoir, une réceptionniste blonde à souhait s'adressa aux deux hommes d'un air inquisiteur.

– Messieurs ?

Le superintendant exhiba sa carte de police.

– Nous voudrions parler à l'un des dirigeants.

– Lequel et de quelle part, je vous prie ?

– M. Caldwin, par exemple...

Elle se prit à rire.

– Mais il n'y a plus de M. Caldwin, ni d'ailleurs de M. Sotter !

Forbes fut piqué au vif. Il ne supportait pas les faux pas.

– Écoutez, mademoiselle, nous n'avons pas de temps à perdre. Veuillez bien prévenir immédiatement le propriétaire ou le directeur de cet établissement que Scotland Yard désire lui parler.

Elle eut l'air de réfléchir avec une soudaine intensité, puis elle s'écria :

– Ah, Scotland Yard ! La police, c'est bien ça, n'est-ce pas ? Je vais prévenir M. Norton. C'est le directeur. M. Clarck, le grand patron, est absent, vous comprenez...

Elle décrocha un téléphone intérieur et parla un instant, puis elle annonça que M. Norton allait les recevoir.

– Quelle est exactement l'activité de cette firme ? demanda sir Ivory.

– Le négoce de la laine, sir. Ces messieurs achètent des lots en Australie, en Nouvelle-Zélande et les revendent aux filateurs britanniques.

– Avez-vous connu M. Jack Boyleston ?

Son visage s'éclaira d'un large sourire.

– Bien sûr ! Un gentleman ! On le voit ici de temps en temps.

Visiblement, elle n'avait pas eu connaissance du destin tragique de celui qu'elle avait l'air de fort apprécier.

– N'a-t-il pas un bureau dans l'établissement ? demanda sir Ivory

– Oh si, mais il est surtout en voyage. Et je vais vous dire... Chaque fois qu'il revient, il me fait un petit cadeau. Oh, pas grand-chose, mais c'est gentil, n'est-ce pas, de penser à ceux qui restent ici sans jamais voir de pays. Moi, j'aurais aimé connaître l'Italie.

– Peut-être vous a-t-il même invitée à quelque soirée, non ? demanda sir Malcolm en prenant un air mutin.

La réceptionniste se contorsionna sur son siège, rougit légèrement et, en pouffant de rire :

– Ah, on voit que vous le connaissez... Mais il n'y a pas de mal, n'est-ce pas. Je ne suis pas mariée. Autrement, vous pensez, je n'aurais jamais accepté.

Le superintendant était outré. Où allait donc l'Angleterre si les aristocrates faisaient la cour à des réceptionnistes ! Mais il n'eut guère le loisir d'épiloguer sur cette douloureuse question. Un petit bonhomme affairé entra dans le hall et vint vers eux, la main tendue. Il portait un costume croisé noir et un œillet à la boutonnière.

– Richard Norton. À qui ai-je l'honneur ?

– Je suis le superintendant Douglas Forbes, et voici sir Malcolm Ivory. Nous enquêtons pour Scotland Yard.

– Bigre ! C'est la première fois que je rencontre des membres de cette élite valeureuse. Venez, messieurs. Nous allons passer dans mon bureau.

La pièce était aussi moderne que le hall mais

était tout encombrée de petits rouleaux de papier bleu dans lequel les lainiers ont coutume d'emballer leurs échantillons. Au mur, la photographie d'un superbe mérinos était entourée d'un graphique de la Bourse de Sydney et d'un tableau des finesses de laine répertoriées par leur origine. Norton s'assit dans un fauteuil pivotant tandis qu'il priait ses deux hôtes de prendre place sur des chaises en matière plastique blanche que sir Ivory trouva du plus mauvais goût.

– Messieurs, je vous écoute.

– Eh bien, commença Forbes, nous aimerions avoir quelques renseignements sur l'un de vos employés. Il s'agit de Jack Boyleston.

Le visage de Norton jusqu'alors amène, changea d'un coup.

– Jack Boyleston, dites-vous ?

– En effet.

Il se gratta le nez, se balança sur son fauteuil, se racla la gorge et enfin répondit :

– Je suppose que vous savez qu'il est le neveu de lord Arnold Boyleston...

– Nous savons.

– Parfait. Eh bien, je ne sais que vous dire... Que désirez-vous savoir ?

Lui non plus ne connaissait pas la nouvelle

de la mort de Jack. Les journaux en avaient pourtant un peu parlé, et puis cela faisait deux jours que le meurtre avait eu lieu. Le croyait-on en voyage ?

– Monsieur Norton, dit sir Ivory, quelle est exactement la fonction de Jack Boyleston dans votre établissement ?

– Une sorte de commissionnaire au plus haut niveau.

– C'est-à-dire ?

– Lorsqu'une affaire est difficile, qu'il faut de l'entregent… vous voyez ce que je veux dire... Le nom de Boyleston ouvre bien des portes. D'ailleurs, lord Arnold possède lui-même un groupe de filatures de laine peignée en Écosse. Un de nos gros clients, bien sûr.

– J'ignorais qu'il avait des intérêts dans le textile... fit sir Ivory.

– Dans le textile, dans le pétrole, dans le caoutchouc… Une fortune considérable. Les filatures lui viennent de son père.

– Et Jack ne s'en occupe pas personnellement ?

– Oh non ! Ce n'est pas du tout son genre… Bah, il a la chance d'être né avec une cuillère en or dans la bouche, celui-là !

Sir Malcolm commençait à y voir un peu plus clair. Norton était gêné. Il n'appréciait pas le neveu mais il devait le garder parce que, grâce à lui, il vendait des tonnes de laine aux filatures de l'oncle.

– Et, naturellement, en tant que commissionnaire, Jack Boyleston touche un pourcentage sur les ventes qu'il réalise.

– Naturellement.

– Y compris sur les affaires de son oncle ?

Norton se balança de nouveau sur son siège.

– Vous me pardonnerez de ne pas vous répondre...

– Et si j'avançais l'idée que le seul client de Jack est justement son oncle, me tromperais-je ?

Norton se leva d'un bond. Son visage était devenu gris de peur.

– Messieurs, je vous en prie... Je tiens à ma place. Ne me faites pas dire ce que je n'ai pas dit !

– Rassurez-vous, dit Forbes. Scotland Yard est une tombe. Je veux dire... Enfin vous me comprenez.

Soudain Norton s'immobilisa :

– Mais, au fait, messieurs, pourquoi m'interrogez-vous sur Jack Boyleston ? Aurait-il commis quelque indélicatesse ?

Sir Ivory prit la balle au bond :

– Pensez-vous qu'il en serait capable ?

Le malheureux petit homme passa du gris au rouge écarlate.

– Je ne vous ai rien dit. Je ne sais rien. Je vous jure que je ne sais rien.

– Monsieur Norton, fit le superintendant d'un ton grave, ne lisez-vous donc pas les journaux ? Personne ne vous a-t-il rien appris ?

– Au sujet de Boyleston ? Qu'a-t-il donc fait ?

– Il est mort, monsieur Norton.

– Mort ?

– Assassiné.

Norton retourna vers son siège en chancelant.

– Pardonnez-moi, dit-il enfin, mais que s'est-il passé ? Quand cela est-il arrivé ?

Forbes le renseigna. Tandis qu'il parlait, sir Ivory regardait attentivement le petit homme tassé dans son fauteuil. Son œillet était tombé. À force de passer les mains dans ses cheveux, il était tout décoiffé.

– Vous n'aimiez pas beaucoup Jack Boyleston, n'est-ce pas ?

– Je l'avoue, mais mourir comme ça… Il faut que je prévienne notre président, M. Clarck, qui se trouve actuellement en France, à Roubaix-Tourcoing. Les affaires, n'est-ce pas ?

Sir Ivory reprit :

– Jack était-il parfois payé de la main à la main, en liquide ?

– Chez nous, jamais ! La comptabilité règle toutes les commissions officiellement, par virements bancaires.

– Quelle était sa banque ?

– La Barclays.

– Les commissions sur les filatures de son oncle lui rapportaient-elles gros ? demanda Forbes.

– Maintenant qu'il est mort, on peut le dire. Il touchait 2 % sur toutes les ventes que nous faisions par son intermédiaire. J'ajouterai qu'il ne s'occupait que d'un seul client.

– Nous l'avions compris. Pensez-vous que lord Arnold était au courant ?

– Jc l'ignore, mais cela m'étonnerait.

– N'auriez-vous pu traiter directement avec ces filatures ?

– Il partageait avec le gérant.

– Une belle petite combinaison… Une sorte de racket, en somme...

Norton se leva à nouveau. Son agitation était extrême.

– Croyez-vous que nous devrons témoigner en justice ?

– Rien n'est moins certain. Lord Boyleston s'emploiera à étouffer l'affaire.

– Est-ce pour cela que les journaux n'en ont pas fait leurs gros titres ?

– Cela ne durera peut-être plus longtemps, fit sir Malcolm. Mais, cher monsieur, je vous remercie. Vous nous avez beaucoup appris.

Ils se retirèrent, abandonnant Norton à une bouteille de Jameson qu'il était allé chercher derrière une pile de petits rouleaux bleus et qu'il se prit à boire au goulot avec une sorte de frénésie.

Chapitre 6

Bob Rob poussa un juron en jetant dans la Tamise la bouteille de gin vide. Ce sacré brouillard givrant n'en finissait pas. Il avait beau alimenter son brasero avec les morceaux de planche qu'il avait trouvés dans la journée, le clochard ne parvenait pas à se réchauffer. Un *bobby* était venu lui conseiller de se rendre au dispensaire, mais Bob Rob avait en horreur ces dames toujours prêtes à vous faire la morale avec des airs de duchesse, elles qui avaient un « chez soi » confortable et un époux qui leur servait de tiroir-caisse.

Oh, ce n'était pas qu'il était révolté, Bob Rob ! Il était fatigué. La terre ferme le rendait malade. Quant à ses souvenirs de marin, ils s'évaporaient peu à peu. Ceylan, Bombay, Djakarta, Kiou Siou... Il avait bourlingué sur tous les continents, mais l'Extrême-Orient l'avait marqué de son empreinte. Une Chinoise... Comment s'appelait-elle déjà ? Et puis, à quoi bon ? C'était fini. Il avait jeté l'ancre. Jamais plus il ne remonterait à bord du *Princess Ann* qui faisait l'aller-retour Southampton-Karachi en 90 jours.

Il tendit l'oreille. Le bruit sec et régulier de la canne sur le pavage de la berge se faisait de plus en plus précis. Comme l'autre nuit... Quelqu'un approchait dans le brouillard. Bob Rob n'eût su dire pourquoi mais il y avait comme une menace dans le choc de cette canne ferrée sur la pierre. Allait-il se cacher ? Il était trop tard. Le gentleman à la houppelande noire à l'ancienne mode et au chapeau haut de forme se tenait déjà devant lui.

– Allons, mon brave... Ne soyez pas effrayé. Vous me reconnaissez, n'est-ce pas ? Il y a trois nuits de cela... Oh, vous aviez cru vous dissimuler, mais je vous avais repéré, là, derrière ce buisson. Tenez, je vous ai apporté cette bouteille d'un excellent whisky. Approchez. Mais n'ayez pas peur, voyons... C'est ridicule.

Bob Rob tendit une main tremblante vers la bouteille.

– Ce n'est pas de refus, *my lord*. Avec ce froid, vous comprenez…

Le personnage retira la bouteille au moment où le clochard allait s'en saisir.

– Doucement, mon bonhomme… Elle est pour toi, mais à une condition. Une petite condition. Tu m'entends ?

– Une petite condition, répéta Bob Rob d'un ton hébété.

– Dis-moi franchement : l'autre soir, lorsque tu m'as vu pour la première fois, as-tu entendu la conversation que j'ai eue avec une autre personne ?

– Une conversation ? Peut-être un peu. Je ne sais pas.

– Un peu ? C'est déjà beaucoup. Et en as-tu parlé à quelqu'un ?

– Je voudrais boire quelque chose, si vous voyez ce que je veux dire…

Le gentleman abandonna la bouteille à l'ancien marin qui dévissa rapidement le bouchon avant de le porter goulûment à ses lèvres.

– Alors ? demanda l'inconnu.

– C'est du bon.

– Réponds-moi : as-tu parlé à quelqu'un de la conversation que j'ai eue avec la personne que j'ai rencontrée ce soir-là ?

– Attendez. C'est difficile... Non, j'ai seulement dit au *bobby* que j'avais vu un monsieur en habit, comme vous êtes là, et qu'est-ce que je lui ai dit encore ? Ah, il y avait un prénom...

– Quel prénom ?

– Jane, ou quelque chose comme ça. Mais c'est tout. Je vous assure... Je n'ai rien entendu et quand on n'a rien entendu, n'est-ce pas, qu'est-ce qu'on pourrait bien répéter, pas vrai ?

Tout se passa si vite que Bob Rob ne comprit pas aussitôt que le gentleman avait sorti une lame effilée de sa canne-épée et en avait appuyé la pointe sur sa poitrine. Il recula vers le fleuve. L'autre continuait d'avancer.

– Eh, *my lord*, par pitié ! Je n'ai rien dit au *bobby*. Je disais ça comme ça. D'ailleurs, il n'y avait pas de *bobby*...

Dans un élan désespéré, le clochard se porta sur le côté, évitant ainsi la lame. L'homme noir le saisit par le col de son tricot et le poussa vivement vers la Tamise. Bob Rob lança ses doigts crispés afin de se retenir aux vêtements de son agresseur, mais il glissa et s'affala sur la berge.

Des coups de pied le firent lâcher prise. Des deux mains il tenta de se rattraper aux herbes de la rive mais déjà ses jambes étaient aspirées par l'eau glacée. Un violent coup de canne sur le crâne lui fit perdre conscience. Il demeura accroché par le chandail à un gros clou rouillé qui se trouvait là. Un coup précis de la lame en plein cœur l'emporta vers un monde meilleur.

Aussi, le lendemain :

– Quelle affaire ! s'exclama Douglas Forbes en entrant dans l'appartement de sir Ivory.

– Vous êtes gelé, mon ami. Que diriez-vous d'un double Millburn sec ? Je ne connais rien qui réchauffe davantage...

– Je me fie à vous, dit le superintendant en ôtant son pardessus recouvert de givre. Mais quelle affaire !

– Vous vous répétez, cher Douglas. Tenez, nous allons nous rendre dans le cabinet de réflexion.

C'était son bureau que, par humour, sir Malcolm appelait ainsi. Dès qu'il y pénétra, Forbes fut fasciné par le bar à whiskies qui tenait tout le fond de la pièce. Il y avait là une centaine de marques écossaises et irlandaises, rangées comme pour une parade militaire.

– J'ai baptisé ce bar du nom gaélique de *Uisge Beatha* en l'honneur de ce breuvage digne de Brân, notre géant national. Je tiens beaucoup au respect de nos traditions, voyez-vous.

Forbes n'osa demander qui était ce Brân. L'érudition de son grand ami le laissait pensif, lui qui, pour toute culture, s'était évertué à apprendre par cœur une vingtaine de locutions latines sur le conseil de Mme Forbes, son épouse.

– Pour en revenir à notre affaire, sir Malcolm... Eh bien, nous n'avons pas de chance. Figurez-vous que le policeman qui avait été mis en faction sur les lieux où l'on a retrouvé le corps de Jack Boyleston a, comme je vous l'ai déjà dit, interrogé hier matin un pauvre homme, un sans-abri qui passe ses nuits sur les berges. Ce clochard lui a raconté une histoire assez décousue dans laquelle il était question d'un gentleman en habit de soirée à l'ancienne mode, d'une houppelande, d'une dispute, du bruit d'un corps tombant dans l'eau et d'un prénom de femme, Jane. Le policeman s'étant aperçu que le malheureux était sous l'emprise de la boisson ne crut pas nécessaire de l'interroger plus avant.

– Jane... Continuez, je vous prie.

– Eh bien, sir, il se trouve que ce matin on a retrouvé le cadavre de ce clochard, à moitié immergé dans l'eau de la Tamise, accroché par son tricot à une sorte de clou qui dépassait de la berge. Mais, tenez-vous bien : il a été assassiné d'un coup d'épée en plein cœur, comme le neveu Boyleston. Son cuir chevelu porte aussi une plaie provoquée par un bâton ou une canne. Bref, il ne fait pas de doute que ce meurtre est lié au précédent.

– L'assassin se sera aperçu que le clochard risquait d'être un témoin dangereux. Il est revenu sur le lieu du crime. Voilà qui est intéressant. Un meurtrier qui bouge est un meurtrier inquiet. Buvez cet excellent Millburn en l'honneur de nos chères petites méninges, je vous prie.

Forbes s'exécuta et fut pris d'une quinte de toux qui porta son visage au rouge vif. Puis, se ressaisissant :

– Ah, un détail... On a retrouvé dans la main droite du clochard un bouton de nacre. Il a dû l'arracher au vêtement de son agresseur. Le voici.

Il sortit de sa poche une enveloppe qu'il posa sur le bureau. Sir Ivory s'en saisit, l'ouvrit et observa longuement le petit objet.

– C'est un bouton féminin d'un modèle ancien, fit remarquer le superintendant. Il devrait nous aider à retrouver sa propriétaire. Peu de personnes se promènent dans Londres avec des boutons semblables. Mais le clochard n'avait-il pas parlé d'un homme ?

– Ce n'est pas contradictoire... Certains habits de soirée masculins tels qu'on les portait naguère étaient ornés de boutons de nacre, en particulier les gilets. D'où nous pouvons en déduire que le meurtrier est une sorte de dandy. Il doit adorer se rendre dans les soirées mondaines, à l'Opéra lors des galas, aux courses prestigieuses comme le Derby d'Epsom. À moins, bien entendu, qu'il ne s'agisse d'un déguisement. On trouve ce genre de costumes chez les loueurs pour théâtre et soirée masquée. Il y en a quatre ou cinq à Londres.

– Et, dans ce cas, il suffirait de les interroger... Ah, sir Malcolm, c'est une fameuse idée ! Je vais téléphoner au Yard, si vous le permettez, afin de lancer une équipe là-dessus. Il ne faut rien négliger, n'est-ce pas ?

– Profitez-en pour ordonner une enquête sur le compte de Jack à la Barclays.

Pendant que Forbes s'entretenait avec le

lieutenant Findley, sir Ivory réfléchissait. Il avait rapidement classé Jack Boyleston parmi les aigrefins mondains. Son oncle ne s'était-il pas aperçu qu'il empochait des commissions sur la matière première de ses propres filatures en excluant toute concurrence entre les fournisseurs ? La recette devait être excellente puisque Norton avait avoué que c'était le seul client dont ce singulier commissionnaire s'occupait !

Lorsque le superintendant eut raccroché, sir Malcolm demanda :

– Ce clochard... A-t-on des renseignements sur lui ?

Forbes ouvrit son carnet à élastique, et déclara, après l'avoir feuilleté :

– On a retrouvé dans l'une de ses poches un vieux passeport tout crasseux avec des visas du monde entier, surtout de l'Inde et de Manille. C'était un ancien marin. Il s'appelait Robert Robinson mais on le connaissait sous le sobriquet de Bob Rob.

– Qui le connaissait ?

– L'épicier du quartier de Wapping où il achetait sa pitance et surtout ses boissons l'a décrit comme un ivrogne invétéré mais pas méchant. Il évoquait parfois ses escales en

Extrême-Orient. Il se vantait d'avoir été fiancé avec la plus belle fille du monde, une Chinoise. Vous voyez le genre...

Sir Ivory se plongea dans ses souvenirs durant un bref instant. Lui aussi, lorsqu'il avait vingt ans, avait aimé une Chinoise. Il avait gardé une nostalgie certaine pour cette époque de son existence où, son père vivant encore, il voyageait à travers le monde sans autre souci que d'approcher des êtres différents, des mœurs singulières, des cultures et des religions originales. Du coup, ce Bob Rob lui fut sympathique. Il dit :

– Certains hommes ont connu de si fabuleuses aventures qu'ils ne peuvent plus s'adapter au monde ordinaire.

– Sans doute, mais est-ce une raison pour se laisser aller à une telle décrépitude ? C'est une injure à la marine royale !

Sir Ivory sortit du gousset de son gilet l'inhalateur de chez Creed qu'il portait toujours sur lui et aspira par sa narine gauche, puis par sa droite, une bouffée du mélange d'encens, de musc et de cannelle que le parfumeur des rois avait tout exprès préparé à son intention. Cette fragrance lui rappelait les senteurs de ces « là-bas » qu'il avait tant aimés. Puis il se reprit :

– Douglas, puisque vous avez fini votre Millburn, nous allons nous rendre à la résidence de lord Boyleston. Nous sommes jeudi. Il est trois heures de l'après-midi. Notre lord est donc à la Chambre. Profitons-en pour rencontrer, hors de son encombrante présence, son épouse et son fils, peut-être même la jeune Bettie Nelson, la fiancée de William. Je suis curieux de savoir ce qu'ils pensent réellement de ce Jack dont les activités ne me paraissent pas d'une éblouissante clarté.

– On dirait que vous l'accusez ! Mais c'est lui la victime, que je sache !

– Mon cher, lorsque le neveu d'un lord utilise un peigne en matière plastique rose qui doit valoir deux pence, il est capable de toutes les vilenies.

Chapitre 7

Au 67 St James's Street, sir Ivory et le superintendant Douglas Forbes furent accueillis par le domestique en queue-de-pie que lord Boyleston avait appelé Ballister. La mémoire de sir Malcolm lui servit, une fois encore.

– Ballister, n'est-ce pas ?

Le domestique fut troublé que l'on connût son nom. Par réflexe, il bafouilla :

– À votre service, sir…

Mais aussitôt, se reprenant et retrouvant son ton obséquieux professionnel :

– Mes regrets, messieurs. Lord Boyleston est absent.

– Nous souhaitons rencontrer lady Boyleston, répliqua sir Ivory.

– Madame est également absente.

– Peut-être est-elle dans son atelier ?

– Je l'ignore, sir...

– Alors veuillez bien prévenir M. William que nous souhaitons lui parler.

– Je regrette, messieurs. M. William n'est là pour personne.

Forbes commença à s'impatienter. Il brandit sa carte officielle et dit d'un ton sans réplique :

– Dites à M. William que Scotland Yard désire l'interroger. S'il ne souhaite pas que cette entrevue se passe ici, nous le ferons convoquer à nos bureaux.

L'attitude de Ballister changea à l'instant.

– Si ces messieurs veulent bien attendre au salon... Je vais voir ce que je peux faire. Les ordres sont les ordres, vous comprenez.

– Nous comprenons très bien, fit sir Ivory. Lord Boyleston ne souhaite pas que l'on importune sa famille avec cette malheureuse affaire, n'est-ce pas ?

– Une malheureuse affaire, en effet.

– M. Jack vous était certainement très sympathique... lança sir Malcolm.

– D'une certaine manière, sir. Mais veuillez me permettre de garder mes sentiments et mon rang.

– Ballister, vous êtes très stylé et je vous en félicite. Mais il s'agit d'un meurtre.

– Hélas, sir…

– Et parce qu'il s'agit d'un meurtre, le devoir de chacun est de collaborer avec la police.

– Sans doute, sir…

– Alors dites-moi, quelle sorte d'homme était le neveu de lord Boyleston ?

– Un gentleman, sir, et un domestique n'a pas à juger un gentleman.

– Mais il y a gentleman et gentleman. Prenons un exemple : M. William n'est-il pas un gentleman différent de M. Jack ?

Ballister répondit vivement :

– Oh, certainement, sir ! M. William est le digne fils de lord Boyleston.

– Et M. Jack n'était pas le digne neveu de lord Boyleston…

– Sir, permettez ! Cela est très incorrect ! Je n'ai jamais pensé une chose pareille ! D'ailleurs, M. Jack était très souvent absent et lorsqu'il était à Londres, il vivait généralement dans son appartement du 3e étage.

– Vous occupiez-vous aussi de son service ?

– Non, sir.

– Qui s'en occupait ?

– D'autres personnes que je n'ai pas à connaître…

– Des personnes que vous n'appréciez guère à ce que je vois !

– Que monsieur veuille bien m'excuser, mais je n'ai pas à m'intéresser aux affaires d'autrui.

– Ah, Ballister, vous êtes merveilleux ! Vous êtes capable de tout nous révéler de vos pensées tout en demeurant dans le rôle impeccable qui vous est imparti. À présent, allez chercher M. William. Et dites-lui bien que c'est son intérêt de venir nous parler.

– Bien, sir.

Il s'inclina dignement et s'éloigna.

– Ce salon est glacial, remarqua Forbes. Les rayures de cette tapisserie sont d'un sinistre…

– Ce doit être le goût du lord. Je n'imagine pas que lady Elisabeth se plaise beaucoup dans un tel endroit. Le peu que je l'ai vue me laisse penser qu'elle a une âme d'artiste. D'ailleurs, elle m'a avoué qu'elle aime peindre les fleurs.

– Il paraît qu'elle est charmante, modeste et d'une grande bonté… Mme Forbes, mon épouse, qui lit beaucoup les magazines, m'en a fait un tableau complet.

– Sa grâce un peu rêveuse m'a impressionné,

je l'avoue. Bien qu'elle doive avoir plus de cinquante ans, elle a gardé je ne sais quoi de juvénile... Et puis ce sont ses yeux ; d'un bleu !

– Eh, sir Malcolm...

– Simple constatation, bien entendu. Mais voici le jeune Boyleston.

William entra dans le salon comme s'il pénétrait dans un lieu étranger. Il était en tenue de golf. Son regard se posa sur le superintendant avec étonnement, puis sur sir Ivory qu'il reconnut.

– Messieurs... Ballister me dit que vous souhaitez me parler. C'est à quel sujet ?

– Vous devez bien vous en douter un peu, fit Douglas Forbes.

– Si c'est au sujet de mon cousin, sachez que je n'ai rien à dire. Je ne sais rien et ne désire pas en parler.

– Cher monsieur, commença sir Ivory, j'ai entendu votre père exiger de vous la plus grande discrétion mais n'oubliez pas qu'il m'a désigné comme l'interlocuteur privilégié entre votre famille et la police.

Le mot « police » heurta les oreilles du jeune homme. Il s'écria avec force :

– Je n'ai personnellement rien à voir avec ces choses répugnantes !

– Nous en sommes persuadés. C'est pourquoi vous n'avez rien à craindre de nous qui luttons, justement, contre le crime, d'où qu'il vienne et quel qu'il soit.

William se laissa tomber dans un des fauteuils de cuir noir et prit sa tête dans ses mains.

– Pardonnez-moi, messieurs, mais nous n'avons pas l'habitude ici de côtoyer la police. Que puis-je pour vous ?

Sir Ivory s'assit à son tour, imité par le superintendant qui en profita pour sortir son carnet et son stylo.

– Nous voudrions seulement mieux comprendre qui était votre cousin Jack. Ce nous sera utile pour notre enquête. Quelles étaient ses occupations, ses fréquentations... Et d'abord, nous croyons savoir qu'il travaillait chez Caldwin and Sotter.

– Des négociants en laine, en effet.

– Depuis longtemps ?

– Trois, quatre ans.

– Mais n'êtes-vous pas vous-même propriétaire de filatures de laine en Écosse ?

– Mon grand père avait créé ce complexe de filatures à côté d'Inverness. Mon père en a hérité.

– Mais il ne s'en occupe pas directement.

– Comment le pourrait-il ? Nous avons là-bas un directeur de confiance.

– Son nom ?

– Drunsfield.

– Vous ne vous êtes jamais intéressé personnellement à ces filatures ?

– J'y ai fait un stage lorsque j'avais vingt ans. Mon père m'a chargé depuis de m'occuper d'une autre branche de ses activités.

– Pouvons-nous savoir laquelle ?

– Je suis administrateur et directeur délégué de la *Boyleston Financial Company*. J'ai une formation de juriste et de financier, voyez-vous.

– Et vous adorez participer à des rallyes...

– Oh, c'est mon plaisir !

– Jack participait-il également à ces compétitions ?

– Non. Ce n'était pas son genre.

– Qu'aimait-il, alors ?

– La vie. Oui, c'est ça. Il aimait la vie.

– Les femmes ?

– Le jeu, les femmes... Oh, ce n'est pas un secret. Je lui reprochais souvent de dépenser sans compter, de brûler, comme on dit, la chandelle par les deux bouts.

– Gagnait-il suffisamment d'argent pour assumer ce train de vie ? Si j'ai bien compris, votre père ne l'a jamais fait entrer dans ses affaires.

– Il avait hérité de ses parents qui, vous le savez, sont morts accidentellement alors qu'il avait huit ans.

– Mais, durant le temps où il était trop jeune légalement pour gérer cet héritage, qui était son tuteur ?

– Mon père.

Sir Ivory changea brusquement de sujet.

– Ah, j'y pense... Lord Arnold avait commencé une collection de cannes lorsque je l'ai connu en Malaisie. L'a-t-il continuée ?

– C'est l'une des rares passions puériles que je lui connaisse. Pourquoi me demandez-vous ça ?

– On connaît souvent mieux le caractère d'une personne par ses petites manies de collectionneur que par ses grandes œuvres. Mais, dites-moi, M. William, j'ai rencontré l'autre midi votre fiancée, Mlle Bettie Nelson. Je vous félicite. C'est une personne charmante. La date de votre mariage est-elle fixée ?

Il parut se troubler, puis d'une voix sèche :

– C'est une affaire privée, sir Malcolm.

– Oh, pardonnez-moi. Je n'en parlais que par amitié. Vous formerez un couple très réussi. Les Nelson appartiennent à une belle lignée qui ne déparera pas la noblesse de la vôtre.

– Je crois que pour mon père c'était l'essentiel. Il n'est pas très romantique, vous savez…

– Un grand homme d'affaires, un éminent politique peut-il être romantique ? Et lady Elisabeth, votre mère, dans tout cela ?

– Mère ? Je l'adore. Vous allez rire… Enfant, je l'appelais « mon petit oiseau ». Et c'est vrai qu'elle ne change pas. Toujours aussi jeune, aussi distraite et si bonne pour tous.

Il se détendait soudain.

– Que pensait-elle de votre cousin ?

– Mère ne l'a jamais beaucoup aimé. Elle le trouvait trop rustre, trop matérialiste et, bien entendu, elle ne le laissait pas voir. Mais, moi, je le sais. Leurs caractères étaient trop différents. À une époque, elle avait même eu peur de la mauvaise influence qu'il aurait pu avoir sur moi.

– À ce point ?

– Lorsqu'elle a su qu'il avait commencé à dilapider la fortune de ses pauvres parents, Mère a essayé de le raisonner, mais il s'en moquait. Et, après tout, c'était son argent. Elle s'en est rapidement désintéressée.

– Et lord Arnold ? Comment a-t-il pris cette façon d'agir ?

– Je ne sais pas. Vous savez, je connais très peu mon père. Il ne se livre pas. Un beau jour, il m'a appelé dans son bureau. Il m'a dit : « Vous allez être nommé administrateur de la *Financial Company*, puis élu comme directeur délégué. Je vous ai observé. Vous devriez faire l'affaire. » Et il est passé à autre chose.

– Preuve de sa confiance...

– Oh, je n'étais pas rassuré. C'est une responsabilité très importante. Mais ça va. Je l'assume.

– Et vous habitez le deuxième étage de l'immeuble...

– Je n'y ai qu'une chambre et un bureau. Le reste est occupé par des archives. En fait, je vis ici. Mère l'a souhaité. Après notre mariage, nous verrons.

Sir Malcolm sortit de sa poche l'enveloppe contenant le bouton de nacre et déposa ce dernier sur la table de marbre noir qui se trouvait à côté de lui.

– Ceci vous rappelle-t-il quelque chose ?

– C'est un bouton de femme, je suppose. Ni Mère ni Bettie n'ont ce genre de boutons à leurs vêtements. N'est-ce pas un peu désuet ?

– La mode est très changeante et revient souvent sur d'anciennes recettes que les femmes ont oubliées. Eh bien, cher monsieur, nous vous remercions de votre agréable attention. Superintendant, avez-vous une autre question à poser ?

– Une seule, si vous le permettez. Qui a choisi le dessin de la tapisserie de ce salon ?

William ne put s'empêcher de sourire.

– Mon père, il y a une vingtaine d'années. C'est tout à fait dans son style. Austérité, rigueur, moralité. Telle était sa devise durant la guerre, ce qui, comme vous le savez, le fit apprécier par sir Winston Churchill.

– Il est vrai que ce sont des hommes comme lui qui ont fait la grandeur de l'Angleterre, surenchérit le superintendant. Hélas, notre époque… Comme le dit souvent Mme Forbes, mon épouse, « tout s'en va. » Heureusement que des piliers comme lord Arnold sont toujours là, dressés dans la tempête, pour maintenir haut notre honneur national.

Sur ces fières paroles, ils allaient prendre

congé lorsque la porte du salon s'ouvrit brusquement. Lord Boyleston entra et d'une voix de stentor :

– Que faites-vous là avec mon fils ? Je vous ai dit que nous souhaitions ne pas être dérangés !

– *My lord*, l'enquête... bredouilla Forbes.

– D'ailleurs, qui êtes-vous ? Qui vous a permis d'entrer ?

– Superintendant Forbes de Scotland Yard, *my lord*.

– Je me plaindrai auprès de John Turner ! Je vous ferai révoquer ! Quant à vous, sir Malcolm, vous me décevez ! Profiter de mon absence pour venir inquiéter mon fils ! Je vous croyais un honnête homme et vous n'êtes qu'un gredin comme les autres ! Sortez, je vous prie, et que je ne vous revoie plus jamais ici !

Devant une telle colère, sir Ivory et Forbes pensèrent qu'il était plus sage de déguerpir. Lorsqu'ils eurent regagné la voiture, sir Malcolm déclara :

– Quel beau suspect ! Il apprend que son neveu le gruge sournoisement en prenant des commissions sur ses filatures. Irascible comme il est, il prend une canne-épée dans sa collection, lui dresse un guet-apens et le tue.

– Vous croyez ? Un lord héréditaire !

– Non, je ne le crois pas. En tout cas, pas pour cette raison-là.

Chapitre 8

Sir Ivory, lorsqu'il rentra à son appartement de Soho, trouva un message angoissé de Mme Pickwick sur son répondeur téléphonique. Les lignes électriques s'étaient effondrées sous le poids du givre, privant Falcon Manor de courant. La chère femme avait bien tenté de mettre en marche le groupe électrogène mais n'y était pas parvenue. La serre aux orchidées était en péril.

Oubliant pour quelques heures l'affaire Boyleston, sir Malcolm regagna le manoir familial et put constater que les dégâts n'étaient heureusement pas aussi graves que Dorothea l'avait laissé entendre. La *Psychopsis kramerianum* aux allures de papillon écarlate aux longues antennes n'avait pas souffert, ni même l'*Epidendrum ilense* de l'Équateur dont il n'existait que trois spécimens au monde. En revanche, quelques plants de *Dracula radiata* aux pétales zébrés et au pistil inquiétant étaient dangereusement fripés. Une *Encyclia fragrans* était morte, ses longs bras verts recroquevillés autour de ses deux fleurs anéanties.

Comme tous les amateurs d'orchidées, sir Ivory s'intéressait officiellement à ces plantes pour leur originalité et leur fragilité. En fait, comme tous les collectionneurs de ces « monstruosités florales », selon le mot de Chambers, il en était passionné pour des raisons plus complexes et peut-être moins avouables. Beaucoup de femmes anglaises les trouvent choquantes. Elles les prétendent impudiques. Il est vrai que rares sont ces dames à cultiver une fleur qui leur paraît, de façon analogique, les concurrencer dans leur intimité même. Seules des actrices ou des demi-mondaines se permettent de porter une orchidée épinglée au revers de leur chemisier. Et c'est évidemment un Français, Marcel Proust, qui se permit de faire aimer le *Cattleya* à son Odette.

Au vrai, l'orchidophile est un Pygmalion.

Confronté au caractère difficile de la fleur, il finit par la traiter comme un animal somptueux et contraignant. Sir Ivory écrivait dans le bulletin de l'*American Orchid Society* : « La confrontation subtile de l'homme et de l'orchidée tient de la passion amoureuse et du jeu de go. La plante veut bien vous satisfaire par sa beauté voluptueuse, son étrangeté capricieuse, son goût du travestissement, mais il faut en passer par ses sournoises volontés. Le manque d'attention à ses désirs est aussitôt puni par ce qu'elle estime être la seule sanction méritée : sa propre mort. »

Dorothea Pickwick, faut-il le préciser, jalousait profondément les orchidées de son maître. Elle n'eût su dire pourquoi mais il y a fort à parier que si elle n'était pas parvenue à mettre en marche le groupe électrogène, c'était dans le secret espoir que ces fleurs orgueilleuses, forcément vénéneuses, certainement hypocrites, vinssent à dépérir.

Sir Malcolm demeura seul dans la serre réchauffée jusqu'à quatre heures de l'après-midi. Il n'en sortit que pour prendre le thé dans la véranda. En soignant un *Cymbidium ensifolium* venu de Sumatra, il avait beaucoup pensé à lady Elisabeth : même délicatesse, même modestie. Il avait humé son parfum subtil, se souvenant que ses longues feuilles d'une finesse extrême avaient inspiré les artistes chinois, en particulier Tao Chi dont il possédait une encre d'un dépouillement si expressif qu'il semblait que d'un seul élan du pinceau le maître avait su restituer toute la psychologie de la plante.

Le téléphone le tira de sa rêverie. C'était le patron du Yard, John Turner.

– Sir Malcolm, je suis excessivement ennuyé. Lord Arnold a téléphoné à Waterhouse, le conseiller royal, afin de se plaindre de nos services et, je dois vous l'avouer, de vous-même. C'est un homme très irascible qui a l'habitude que tout le monde plie devant lui. Waterhouse le craint et vient de me transmettre ses doléances.

– Et alors ?

– Alors, vous me connaissez, je vous garde toute ma confiance ainsi d'ailleurs qu'à ce brave Forbes. Continuez. Essayez seulement de ne pas faire trop de vagues. Avez-vous lu les journaux ?

– J'ai horreur des journaux.

– Regardez-les quand même. C'est instructif. En tout cas, cela explique la fureur de lord Arnold.

Sir Ivory, en achevant de boire son thé, demanda à Dorothea de lui apporter les journaux. Elle en fut étonnée et alla chercher aux cuisines le *Sun* et le *Mirror* qui lui étaient personnellement apportés chaque matin par un cycliste. Sur la première page du *Sun*, en gros caractères, on pouvait lire : « Le neveu de lord Boyleston assassiné » et, dessous, en plus petites lettres : « Révélations sur un meurtre caché ». L'article expliquait comment Jack Boyleston avait été tué et insistait surtout sur le fait que la presse avait été volontairement tenue à l'écart de l'enquête. « Que veut-on cacher ? S'agirait-il d'un assassinat politique destiné à ternir l'image de lord Boyleston, bien connu pour sa défense acharnée de la morale ? » Une photographie de Jack prise au Derby d'Epsom de l'année illustrait l'ensemble.

Le *Mirror*, lui, titrait sur la personnalité de la victime. « Qui était Jack Boyleston, le neveu du célèbre homme d'affaires membre de la Chambre des Lords ? » L'auteur de l'article avait interwievé Norton qui s'était bien gardé de lui révéler quoi que ce soit. Jack y était dépeint comme un gentleman amateur de courses de lévriers et de chevaux, un homme élégant dont l'enfance avait été brisée par la mort tragique de ses parents. Le rédacteur ajoutait : « L'étrangeté de ce meurtre vient du lieu où il s'est vraisemblablement accompli. Qu'allait faire Jack Boyleston dans ce quartier des docks par une nuit de brouillard givrant ? » Une photographie du visage de Jack en gros plan trônait au centre de la page.

« Bonne question, pensa sir Ivory. Que faisait-il sur la berge de la Tamise entre St Katherine's Docks et Wapping à onze heures du soir, avec 2000 livres en billets dans la poche de son pantalon, un jeton de consigne avec le numéro 230, un morceau de carton portant le nombre 59874 et un peigne en plastique rose voisinant avec une luxueuse montre-bracelet en or de chez Cartier, une cravate vulgaire d'origine américaine, un canif à manche de nacre venant de Spencer à Burlington Arcade, tout cela dans un costume prince-de-galles confectionné par l'un des tailleurs les plus réputés de Londres ? Un singulier mélange de raffinement et de vulgarité. Jack aurait-il fréquenté un milieu trouble qui l'aurait fait chanter ? Devait-il apporter, ce soir-là, les 2000 livres à son maître chanteur ? Se seraient-ils querellés ?

La dispute aurait-elle mal tourné ? Mais un maître chanteur ne tue pas la poule aux œufs d'or et s'il avait été obligé de le faire, par peur d'être dénoncé, par exemple, il aurait fouillé le cadavre et subtilisé l'argent avant de le jeter à l'eau.

Brusquement, une autre piste s'ouvrit à son esprit. Jusqu'alors il n'avait envisagé Bob Rob qu'à la façon d'un témoin fortuit. Mais, les visas de son passeport l'apprenaient, l'ancien marin s'était souvent rendu en Malaisie, tout comme lord Boyleston. Se pourrait-il qu'un lien ait existé entre deux hommes socialement si dissemblables ? Sir Ivory classa cette hypothèse dans un coin de sa mémoire, puis il se rendit dans son bureau et appela les Nelson afin de prendre rendez-vous avec la fiancée de William.

– Allô, fit une voix masculine au timbre enroué.

– Ici, sir Malcolm Ivory, chargé par Scotland Yard de l'enquête dans l'affaire Boyleston. Pourrais-je parler à Mlle Bettie Nelson, je vous prie.

– Oh, je vois ! Mais nous sommes tout à fait étrangers à ces très désagréables circonstances… Je suis sir Henry Nelson, le père de Bettie.

– Mes respects, sir.

– J'ai entendu parler de vous, sir Malcolm, et surtout de votre père. Notre famille avait acheté quelques meubles de valeur à sir Philip afin de compléter un salon Chippendale. Très belle qualité ! Ah, il se peut que nous lui ayons également acheté un cabinet espagnol, vous savez ces meubles avec des tas de tiroirs... Le nom m'échappe...

– Un *bargueno*.

– C'est cela même ! Superbe ! Et donc, vous me disiez ?

– Je souhaiterais prendre rendez-vous avec Mlle Bettie au sujet de l'affaire Boyleston.

– Ma fille mêlée à cette horreur ! Vous n'y pensez pas !

– Sir Henry, il est de mon devoir de rencontrer tous ceux qui, de près ou de loin, ont connu la victime.

Il y eut une sorte de crachotement au bout du fil, puis le père de Bettie s'écria :

– Oh, ce n'était pas quelqu'un de fréquentable ! Voilà ce que je peux vous dire.

– Comment cela ?

– On ne devrait pas critiquer un mort et donc je resterai réservé. Disons que c'était un coureur de jupons invétéré et un hâbleur de la pire espèce. Bien entendu, il n'était pas reçu chez nous. Notez qu'il avait essayé. Il en avait après Bettie, naturellement.

– Bien qu'elle soit fiancée avec son cousin William ?

– Rien n'arrêtait un gigolo pareil ! Mais je m'emporte. Je retire ce mot. Oubliez-le, je vous prie.

– Je désire d'autant plus vous rencontrer, ainsi que Mlle Bettie, afin de mieux comprendre certains aspects de cette personnalité qui m'échappent encore...

– Vous croyez ?

– C'est indispensable. Sans cela, le superintendant ne manquerait pas de vous convoquer à son bureau.

– Grands dieux ! À Scotland Yard ! Moi, un Nelson, à Scotland Yard ! Le monde n'est plus ce qu'il était. Écoutez, sir Malcolm, veuillez bien nous éviter un tel affront, nous qui ne sommes pour rien dans cette lamentable affaire...

– Puis-je me présenter à vous demain matin, à onze heures ? Votre adresse est toujours bien à Kensington Hight Street ?

– Vieille demeure familiale... Non loin de

Holland Park. Nous avons échappé de peu au bombardement des Allemands en 1941. Il n'en fut pas de même de la Holland House. Ah, les barbares ! Une si belle construction du dix-huitième siècle !

– Je compte également sur Mlle Bettie, n'est-ce pas ?

– S'il le faut vraiment, mais n'allez pas l'effaroucher. C'est une jeune fille à l'ancienne mode, vous savez...

– Mes respects, sir Henry.

Dès qu'il eut raccroché, sir Ivory appela le bureau du lieutenant Findley.

– Lieutenant, j'aimerais avoir des précisions sur un certain Drunsfield, directeur des filatures de laine appartenant à lord Boyleston. Elles sont situées dans les environs d'Inverness. Ce Drunsfield a travaillé avec Jack Boyleston, la victime. Renseignez-vous sur leurs relations exactes. Profitez-en pour vérifier son alibi pour la nuit du crime.

– Sir, je voulais justement entrer en rapport avec vous au sujet du compte en banque de ce Jack. La Barclays refuse de nous donner le moindre renseignement. Toujours le secret bancaire ! C'est enrageant, non ?

– Je vais m'en occuper. Je suis au mieux avec le président du conseil de tutelle de cette banque, lord Palmerston. Peut-être voudra-t-il bien m'éclairer ?

Le vieux lord appartenait au club des Scriveners. Depuis qu'il était à la retraite, il errait d'un conseil d'administration à un autre, tout heureux d'engranger des renseignements confidentiels que, bavard impénitent, il finissait par divulguer sous le sceau du secret. Il suffisait de le flatter un peu.

– Ma chère Dorothea, je vais à mon club.

– Vous partez déjà ? Serez-vous de retour ce soir ou resterez-vous à Londres ?

– Je l'ignore. L'enquête à laquelle je suis attelé promet d'être pleine de surprises. Ne m'attendez surtout pas. Si je reviens, ce sera sans doute très tard.

– Votre père aimait regagner sa chambre tous les soirs à 9 heures précises. Il prétendait que c'était excellent pour la santé.

– Les trois heures avant minuit sont les meilleures pour le sommeil. Je sais.

– Et vous devriez bien suivre cet exemple !

– Les temps ont changé, ma bonne amie, et dois-je vous rappeler que la chasse aux criminels est un sport plus contraignant que la chasse à la grouse ?

Elle haussa les épaules et sortit de la véranda en grognant, montrant ainsi sa très vive désapprobation.

Chapitre 9

À cette heure-là, le club des Scriveners commençait à connaître une certaine agitation. Durant la première partie de l'après-midi, l'ambiance feutrée du lieu convenait aux habitués désireux de lire, de jouer aux échecs ou de sommeiller. À partir de 6 heures, les hommes d'affaires arrivaient, se rendaient au bar où ils s'entretenaient de finance et de politique. Certains restaient pour le dîner. C'était l'habitude de lord Palmerston qui, étant veuf depuis des années, redoutait de rentrer le soir dans sa grande maison vide.

Sir Ivory le retrouva dans le salon Samuel-Johnson où il bavardait avec ses vieux complices, sir Archibald Longsborough et Peter

Smith, le gérant de la très célèbre librairie *Sotheran* dans Sackville Street qui s'était honorée de la clientèle de Dickens et de Churchill. Quand ils aperçurent sir Malcolm, ils vinrent vers lui avec la ferme intention de le faire parler de l'affaire Boyleston.

– Oh, vous savez, nous commençons à peine...

– Le *Times* pense qu'il s'agit d'un traquenard pour jeter le discrédit sur lord Arnold, dit sir Longsborough. Qu'en pensez-vous, sir Malcolm ?

– Pas grand-chose, mais dites-moi, l'un de vous a-t-il connu la victime ?

– Je l'ai connu tout jeune, fit lord Palmerston. Il a eu le malheur de perdre ses parents dans l'incendie de leur maison. Lord Arnold l'a recueilli et est devenu son tuteur légal.

– Je ne doute pas que sa fortune ait été bien gérée, dit sir Ivory.

– Évidemment, et avec beaucoup de scrupules, vous vous en doutez. Mais lorsque Jack eut l'âge de s'occuper lui-même de ses affaires, il se conduisit comme un benêt.

– Comment cela, *my lord* ?

– Il fit des placements ridicules dans des

affaires invraisemblables et perdit rapidement tout l'argent que lord Boyleston avait eu le mérite de lui conserver et de faire fructifier.

– Quelles sortes de placements ?

– Dans une chaîne de bars américains qui s'avéra un gouffre sans fond, dans une écurie de course qui ne valait rien, et d'autres folies du même genre. Il était mal conseillé.

– Sait-on par qui ?

– Sir Malcolm, je l'ignore. En fait, j'ai toujours pensé que ce jeune homme ne méritait pas l'amour que son oncle et sa tante lui avaient porté.

– Une tête folle... proposa Peter Smith. Figurez-vous qu'il était venu me demander si nous avions une collection d'ouvrages de Walt Disney des années 30. Chez *Sotheran* ! Vous imaginez... Et comme je lui conseillais d'aller chiner du côté de Petticoat Lane ou de Portobello Road, il entra dans une espèce de colère froide, disant qu'un Boyleston n'avait pas à s'abaisser à aller fouiller dans les poubelles... Bref, il fut grossier et s'il n'avait pas été le neveu d'un lord, je l'aurais jeté dehors. Mickey chez *Sotheran* ! Peuh !

Le cher homme était outré.

– Je ne l'ai rencontré qu'une seule fois, il y a deux ou trois ans, dit sir Longsborough. C'était à Eton, lors de la rencontre annuelle des anciens élèves. Il se trouvait en compagnie de son cousin William. En effet, tout comme moi mais à une autre époque, ils appartinrent au collège. William fut charmant. Quant à Jack, il semblait furieux d'être là. Je compris que son cousin l'y avait traîné et je saisis mieux son humeur lorsque j'appris qu'il n'y avait pas achevé ses études. En fait, il avait été renvoyé.

– Savez-vous pour quelle raison ? demanda sir Ivory.

– Non. Je n'aime pas remuer ces choses-là. D'ailleurs, cela ne me regardait pas.

Dès qu'il le put, sir Malcolm attira lord Palmerston à l'écart.

– Pardonnez-moi, *my lord*, mais connaissant votre excellente mémoire, je vais me permettre de vous poser une question dont la réponse pourrait peut-être m'éclairer sur le cas de ce Jack Boyleston. Lorsque sir Arnold devint le tuteur du jeune garçon, à combien devait s'élever sa fortune personnelle ?

– Oh, vous me mettez dans l'embarras ! Le cours de l'argent a tellement changé… Disons que c'était une très confortable fortune, mais rien de comparable à celle de lord Boyleston. Le frère de lord Arnold n'était pas un homme d'affaires. Je crois me souvenir qu'il vivait de ses rentes.

– Et donc Jack aurait tout dilapidé...

– Dans un premier temps, c'est exact ; mais je peux vous dire qu'il s'était bien renfloué. Ses comptes à la Barclays ont toujours été en dents de scie parce qu'il jouait de façon imprudente et vivait sur un grand pied, mais il se remplumait toujours. Il avait une profession très lucrative. Dans le négoce, je crois. En tout cas, nous lui faisions confiance et, de toute façon, lord Arnold aurait été là pour combler les trous éventuels.

– Est-ce arrivé ?

– Pas que je sache. Non, il faut le dire : nous n'avons jamais eu aucun problème avec lui.

– Et encore moins avec William, je suppose...

– Ah, lui, c'est autre chose ! C'est lui qui tient en main la *Boyleston Financial Company*. Une gestion irréprochable ! Ce garçon ira loin, c'est certain.

– Il est pourtant très différent de son père.

– Lord Arnold est un taureau de combat. William, lui, tient de sa mère, la chère lady Elisabeth. Ah, jadis, j'aurais bien aimé la courtiser un peu. En tout bien tout honneur, naturellement. À présent elle passe son temps dans des kermesses pour œuvres de charité, pour la Croix-Rouge, des choses comme ça, et j'avoue que ce sont des manifestations qui m'agacent. Il y a longtemps que je ne l'ai plus rencontrée mais chaque fois que je vois sa photo dans la rubrique humanitaire des journaux, mon vieux cœur sursaute. C'est ainsi. Ma pauvre épouse, là-haut, me pardonnera, je le sais. C'est bien innocent.

Un domestique en livrée vint demander à ces messieurs ce qu'ils désiraient prendre comme apéritif. Lord Palmerston choisit son éternel porto tandis que sir Ivory commanda un Glenkinchie qu'il appréciait pour sa légèreté. Ils allèrent s'asseoir sous le buste de Shakespeare qui dominait le bar Charles-Dickens tout tendu de velours rouge opéra.

– William va se marier avec Bettie Nelson, dit sir Ivory afin de relancer la conversation sur le sujet.

– Je crois savoir qu'ils sont fiancés depuis

plus de deux ans ! Vous ne trouvez pas ça un peu long ? C'était peut-être valable au début du siècle mais à présent...

– Les Nelson sont-ils à la Barclays ?

– Non. C'est une famille aristocratique sans grande histoire mais c'est tout ce que j'en sais.

– Ils sont les descendants de l'amiral, je suppose...

– Et ils s'en vantent ! Vous savez que le vicomte Horatio Nelson avait été élevé à la pairie après sa victoire en tant que contre-amiral sur la flotte française à Aboukir. Ensuite, il fut fait duc de Bronte en remerciement de ses efforts en faveur du royaume de Naples. Les Nelson dont vous parlez ont perdu la pairie mais ont gardé le double titre comtal et ducal. Entre nous, ce dernier est assez ridicule. Bronte est le nom d'un bourg de Sicile... Mais ils y tiennent !

– Lord Boyleston doit être sensible à ces titres...

– Plus que vous ne croyez ! Un jour, il m'a juré qu'il ne marierait son fils qu'avec une aristocrate ! Entre nous, je trouve cela plutôt vieux jeu.

– Il y a chez cet homme des contradictions

qui étonnent. Prenons son comportement vis-à-vis de son neveu. Il sait forcément que c'était un drôle de lascar, joueur, amateur de filles, dépensier et, pour tout dire, amoral. Lorsqu'il m'en a parlé, il n'a pas émis l'ombre d'un reproche…

– C'est normal, sir Malcolm. Jack était un Boyleston. Un voile pudique doit cacher ses frasques et ses erreurs. N'oubliez jamais cela : lord Arnold a le culte de l'aristocratie, et l'aristocratie doit être sans tache. D'ailleurs, je vais vous dire : il est tellement occupé par lui-même et par le monde compliqué qu'il s'est créé qu'il ignore superbement les autres, y compris ses proches.

– Vous êtes dur !

– Ne l'est-il pas ? Allez, sir Malcolm, quand vous aurez atteint mon grand âge, vous aurez compris que la caractéristique principale des hommes est d'être paradoxaux. Ils courent toujours sur deux versants. Dînez-vous avec moi ?

Sir Ivory avait entendu tout ce qu'il souhaitait apprendre. Il prétexta un rendez-vous tardif, commanda un taxi et se fit conduire au pub « Prospect of Whitby » situé au bord de la Tamise entre St Katherine's Docks et Wapping.

C'était aux abords de ce lieu à la mode que le cadavre de Jack avait été repêché.

La purée de pois était telle qu'il fallut attendre que la voiture se garât devant l'établissement pour que ses contours apparaissent. Il était pourtant éclairé extérieurement par des lanternes électriques de couleur rouge. Sir Malcolm nota que ce genre de décor avait dû influencer William Turner. Le « *bloody fog* », le « brouillard sanglant »... Il n'y avait guère que deux villes au monde pour offrir, l'hiver, ce tableau impressionniste : Londres et Venise.

L'intérieur du pub était extrêmement raffiné et avait gardé le cachet inimitable des relais de poste d'autrefois. Malgré sa proximité des docks, et peut-être à cause de cela même, toute une population à la mode se retrouvait là pour refaire le monde devant les cocktails les plus extravagants, en dégustant des saucisses fumées ou des œufs au lard. Sir Ivory n'y était jamais entré.

La fumée des cigarettes formait un brouillard moins opaque que celui du dehors mais beaucoup plus nocif, qui prenait à la gorge. Toutes les tables étaient occupées et bruissaient avec entrain. Au bar où des jeunes gens étaient accoudés, un gros homme jovial en gilet rayé jaune et noir servait les boissons avec la dextérité d'un prestigitateur. Sir Malcolm s'en approcha et lui fit signe de se pencher afin de lui parler à l'oreille.

– Qui est le responsable ?

– C'est pourquoi ?

– Scotland Yard. Au sujet du meurtre de Jack Boyleston.

L'homme releva son buste aussitôt.

– Oh, je ne veux pas d'histoire !

– Seriez-vous le responsable ?

– À cette heure-ci, oui. M. Bloom ne vient que l'après-midi.

– Puis-je vous parler à l'écart ?

Le barman héla un garçon qui servait dans la salle et lui demanda de tenir le bar à sa place, puis, s'essuyant les mains à un torchon, il fit le tour du comptoir et désigna à sir Ivory une petite porte par laquelle ils sortirent. Le bureau dans lequel ils se retrouvèrent devait servir à la comptabilité.

– Alors ? demanda l'homme.

– Je suis chargé par le Yard de cette malheureuse affaire. C'est à côté d'ici que l'on a retrouvé le corps, n'est-ce pas ?

– Exact. C'est un de nos domestiques qui, le matin, en venant faire le ménage, a repéré le cadavre qui flottait.

– Connaissiez-vous la victime ?

– Il venait de temps en temps. Je n'ai su qu'il était le neveu Boyleston qu'en voyant sa photo dans les journaux. Remarquez, j'aurais dû m'en douter. Il était fringué, faut voir ! Et pour la dépense, ça y allait !

– Lorsqu'il venait, était-il seul ?

– Oh non ! Il se trimballait avec de ces filles ! Quelquefois deux. Et ils avaient l'air de bien rigoler. Pas du genre morose, le gars !

– Cher monsieur, je vais vous poser une question importante. Jack Boyleston est-il venu dans votre établissement le soir où il a été tué ?

Le gros homme répondit aussitôt :

– Non. Certainement non. Vous comprenez, dès que je l'ai reconnu sur la photo du journal, je me suis posé la question puisqu'on l'a retrouvé à deux pas d'ici. Mais non. Il n'est pas entré au pub, ce soir-là.

– Vous auriez pu ne pas le remarquer…

– Ne pas remarquer ce gars-là ? Impossible ! D'ailleurs vous pouvez interroger les garçons.

Sir Ivory fut très satisfait de retrouver l'air

libre et le taxi qui l'attendait. Il se fit reconduire à Soho où il décida d'aller dîner chez son vieil ami Chou, le patron du « Red Tiger Palace ». Il y commanderait l'un de ses mets favoris : le « grand canard laqué aux huit plats du bonheur ». Bah, cette journée avait été bien remplie et si la personnalité de l'assassin était loin de se préciser, en revanche, celle de la victime était, elle, de plus en plus claire.

Chapitre 10

Sir Henry Nelson se fit attendre. Un vieux domestique voûté et à la voix chevrotante avait accueilli sir Ivory et Douglas Forbes avec les façons surannées d'un chambellan victorien. « Son Honneur est en conférence. Son Honneur recevra ces messieurs dans le salon Amiral. Plaise à ces messieurs de bien vouloir patienter. »

Le salon Amiral ressemblait à un magasin de brocanteur. Les objets les plus disparates s'y côtoyaient soit dans des vitrines, soit sur des meubles de styles hétéroclites. Il y avait là des bouddhas, des vases de Chine, des bronzes, des pots de pharmacie, des masques africains, trois pendules sur socle, d'anciens ustensiles de cuisine en cuivre et en étain, un vieux poste de radio à lampes, le tout baignant dans une lumière glauque d'aquarium à l'abandon.

Il était onze heures et demie lorsque enfin le maître de céans parut. Il portait beau. Sa grosse tête chauve aux yeux globuleux était ornée d'un collier à la brahmane. Une rose rouge ornait la boutonnière de son veston de tweed. Il devait avoir dépassé les 50 ans.

– Ah, sir Ivory, je présume…

– Mes respects, votre Honneur.

– Appelez-moi sir.

– Et voici le superintendant Forbes de Scotland Yard.

– Si cette demeure avait pu penser qu'un jour un agent de Scotland Yard… Bref, c'est ainsi. Prenez place, je vous prie.

Ils s'assirent sur des chaises cannées au dossier raide. Forbes, plus désorienté qu'impressionné par le cadre de l'entretien, commença :

– Nous comprenons fort bien que notre démarche puisse… comment dire ? dans la mesure où vous ne pouvez être directement impliqué…

– Je l'espère bien, sergent.

– Superintendant, sir !

– Que voulez-vous de moi ? J'ai déjà tout dit à sir Malcolm au téléphone.

Sir Ivory prit la parole :

– Sir, nous sommes ici devant un meurtre. Pas n'importe quel meurtre. La personnalité de la victime, sa parenté avec un homme aussi important que lord Boyleston font que nous sommes contraints d'enquêter dans un milieu honorable, ce qui, je le reconnais, est déplorable mais indispensable.

– Excessivement déplorable, mais je n'en vois pas l'intérêt. Ce malheureux garçon a été assassiné par des voyous. Ce n'est pas dans l'aristocratie qu'il vous faut chercher. Vous vous trompez de cible, sir Malcolm.

– Avons-nous accusé quelqu'un ?

– Il ne manquerait plus que ça !

– Sir Henry, vous laissez entendre que Jack Boyleston, peu recommandable lui-même, avait dû s'acoquiner avec quelque malandrin qui l'a finalement assassiné. C'est bien cela ?

– Oh, vous allez un peu vite en besogne, mais oui, après tout, c'est ce que je crois. Qui se ressemble s'assemble, n'est-ce pas ? En tout cas, je vous l'ai dit, notre famille a su fermer la porte rapidement à ce personnage.

– Dès lors ne trouvez-vous pas curieux que lord Arnold, soucieux comme il l'est de dignité et de morale, ait accepté qu'un tel neveu continue d'habiter à la même adresse que lui ?

– Lord Arnold que je fréquente depuis des années a eu la prudence de ne jamais confier l'une quelconque de ses affaires à ce garçon. Il a géré sa fortune et la lui a rendue non seulement intacte, mais fructifiée. Pour le reste, et tant qu'il n'y avait pas trace de scandale…

– Mais justement ! Ne pouvait-il redouter que la façon de vivre de son neveu ne finisse par créer quelque scandale ?

– Oh, personnellement, si j'avais été à la place de lord Arnold, j'aurais envoyé mon neveu à l'autre bout du monde ! Mais, évidemment, Jack était majeur et libre de ses actes. Que je sache, il n'a jamais franchi les bornes légales si, en revanche, il ne cessait de violer celles de la bienséance.

L'homme s'exprimait avec aisance, donnant la nette impression de s'écouter parler. Au milieu de tout le bric-à-brac de ce salon il ressemblait à un comédien sur le retour. Sir Ivory changea de sujet.

– Le mariage de Mlle Bettie avec William Boyleston sera-t-il bientôt célébré ?

– Ah, sir Malcolm ! Je vous répète qu'il s'agit

du domaine privé ! Qu'allez-vous mêler ma fille à cette affaire ?

– Deux ans de fiançailles, n'est-ce pas très long ?

Cette fois, sir Henry ne parvint plus à se contenir. Son visage s'empourpra.

– On ne peut pas parler ainsi à des descendants du héros national que demeure pour tout Anglais bien né l'amiral Horatio Nelson ! Qui vous permet de juger de la durée des fiançailles de ma fille ! Qui vous autorise, dans son propre salon, à venir critiquer les traditions d'une noble famille ? Voudriez-vous que l'on s'accouple chez nous en huit jours comme on le fait dans le peuple et dans cette classe moyenne qui, de plus en plus, se vautre dans la déchéance ? Voilà pourquoi il y a tant de divorces ! L'influence des Américains ! Quelle honte !

Sir Ivory s'attendait si peu à une telle diatribe qu'il resta coi un instant. Forbes toussa dans son poing comme pour s'éclaircir la gorge, puis il dit sur un ton sentencieux :

– Comme le répète souvent Mme Forbes, mon épouse : nous vivons une drôle d'époque. Connaissez-vous, sir, le traité de Jack Philip Cruesgrave sur le comportement…

– Sergent, cela ne m'intéresse pas.

Sir Malcolm reprit la parole :

– Lady Elisabeth semble adorer votre fille, en tout cas.

Sir Henry se radoucit aussi vite qu'il s'était emporté.

– Oui, en effet. L'épouse de lord Arnold est une grande dame. Tout le monde l'apprécie. Mais je ne vous conseille pas de jouer au bridge avec elle. Sa distraction est telle qu'elle demanderait un sans-atout sans cartes maîtresses !

– Puis-je me permettre de vous demander à quelle occasion vous avez connu lord Boyleston ?

L'homme resta d'abord sans voix devant cette question inattendue, puis répliqua d'un ton agacé :

– Décidément, sir Malcolm, vous êtes d'une impertinence incroyable ! Mais je veux bien vous répondre. J'ai rencontré lord Arnold à notre club commun. Cela fait près de trente ans. Et comme vous allez me demander quel était ce club, je vais vous le dire. Il s'agissait du club de golf de Greenwich Park. Nous n'en faisons d'ailleurs plus partie ni l'un ni l'autre depuis longtemps. Il s'est vulgarisé.

– Avez-vous été en affaires avec lord Arnold ?

À nouveau le visage de sir Henry tourna au cramoisi.

– Écoutez, sir Ivory, cela suffit ! Vous vous autorisez de l'appui de la police pour vous livrer à des investigations qui n'ont rien à voir avec votre enquête ! Je me plaindrai !

– À votre aise, sir Henry. Je pensais que vous auriez eu le fair-play de collaborer avec nous dans cette affaire qui risque d'entacher le nom de votre ami Boyleston. La presse peut se révéler redoutable lorsqu'elle flaire quelque mystère... Elle se met à fouiller de tous côtés, dans le présent, dans le passé... Rien ne l'arrête.

Cette fois, les traits de sir Henry se figèrent dans une grimace qui eût été risible en une autre circonstance. Il bégaya :

– Vous voulez dire... Mais, c'est abominable...

– Oh, je ne doute pas que vous n'ayez rien à cacher mais la presse, vous savez...

– Écoutez, messieurs, nous n'avons rien à voir dans cette histoire. La famille Nelson est au-dessus de tout soupçon.

– Alors pourquoi vous refusez-vous à répondre à des questions aussi élémentaires que celles que nous vous posons ?

– Mais je ne refuse rien du tout. Que vouliez-vous savoir ?

– Votre société se nomme « Nelson and Thompson », n'est-ce pas ?

– Ce n'est pas un secret.

– En effet, le nom est très connu.

– Enfin un mot aimable…

– Est-ce là votre principale activité ?

– En quelque sorte…

– Et qu'y faites-vous ?

– J'en suis l'un des deux administrateurs, l'autre étant mon beau-père. Nous pratiquons l'importation et la diffusion de différents produits en Grande-Bretagne.

– De quels pays sont originaires ces importations ?

– Oh, de tous les pays, selon ce qui se présente… Vous savez, aujourd'hui, ce n'est plus comme autrefois.

– La laine, peut-être…

– Non. Des conserves exotiques plutôt. Des jus de fruit. Mais aussi des produits artisanaux.

– Venant d'Extrême-Orient ?

– Ou du Mexique. Actuellement, les robes indiennes connaissent une grande vogue.

– Ce qui vous oblige à des déplacements, je suppose...

– Non. Tout se fait par téléphone et télécopie.

– Et vous n'avez jamais travaillé avec lord Boyleston ?

– Je vous répète que non.

– Et avec Jack ?

– Grands dieux, encore moins !

– L'aurait-il souhaité ?

– Je vous le dis tout net : il n'en a jamais été question.

À ce moment entra dans le salon une femme de taille moyenne, svelte, vêtue d'un manteau d'astrakan et coiffée d'une toque de la même fourrure sous laquelle jaillissait un flot de cheveux blonds. Forbes la trouva d'une grande beauté et d'une suprême élégance. Sir Ivory pensa que son maquillage était un peu trop forcé, mais elle portait ses 50 ans avec une telle désinvolture qu'on lui pardonnait volontiers de vouloir se rajeunir.

– Oh, excusez-moi, dit-elle en un charmant sourire, mais je dois sortir et je voulais en prévenir mon mari.

– Voilà qui est fait, dit sir Henry d'un ton renfrogné.

Elle avança en direction de sir Ivory.

– À qui ai-je l'honneur ?

Sir Malcolm se présenta et présenta le superintendant.

– Scotland Yard ! Oh, comme c'est intéressant ! s'écria-t-elle en minaudant.

– Écoutez, ma chère, fit son époux, il n'y a pas de quoi se réjouir !

– Je parie que c'est au sujet du meurtre de Jack...

– En effet, dit Forbes. Vous le connaissiez bien, n'est-ce pas ?

– Un beau garçon, mais du genre encombrant. Nous avons tout fait pour l'éviter, n'est-ce pas, Henry ?

– J'ai déjà tout expliqué à ces messieurs. Vous pouvez sortir, à présent.

Sir Malcolm s'interposa :

– Si vous le permettez, je souhaiterais seulement poser quelques questions à Mme Nelson... Et d'abord, puis-je vous demander de bien vouloir considérer cet objet...

Il sortit de son enveloppe le bouton de nacre trouvé dans la main du clochard et le présenta.

– On dirait un bouton de corsage... fit-elle après l'avoir observé.

– Et vous, sir Henry ?

– Un bouton de corsage... Pourquoi nous montrez-vous ça ?

– Un détail parmi d'autres...

Il remit l'objet dans l'enveloppe et reprit :

– Madame, puis-je vous demander ce que vous pensez du fiancé de votre fille ?

– William ? Quelle drôle de question ! Mais il est adorable... Je comprends que Bettie l'aime à ce point. Ah, que c'est beau, ces tourtereaux ! Ils ont toute la vie devant eux.

– William est également un bon parti...

– Certes ! Mais Bettie aussi ! N'est-ce pas, Arnold ?

– Si je ne m'abuse, madame, vous êtes née Thompson.

– Mon grand-père était George Thompson.

– Le grand couturier...

– C'est cela même...

– Madame, je ne m'étonne plus de votre élégance...

– Vous me faites rougir, sir Malcolm.

Elle était ravie, conquise par le charme de son interlocuteur. Sir Henry, lui, était furieux.

– Une dernière question : avez-vous une idée quelconque de la raison pour laquelle Jack a été tué ?

– Non, vraiment. Il aura été agressé par des voyous…

– Les voyous n'utilisent pas de canne-épée. D'ailleurs, que pouvait bien faire ce garçon du côté des docks ?

– Ah ça, je peux y répondre, fit Mme Nelson. Je sais qu'il se rendait parfois à un pub à la mode qui se trouve à Wapping, le « Prospect of Whitby ». C'est sans doute en sortant de là qu'avec le brouillard il se sera égaré et se sera retrouvé face à ses assassins.

– C'est une idée, en effet. Mais comment savez-vous que Jack se rendait à ce pub ?

– J'y vais moi-même quelquefois avec des amis l'après-midi. L'endroit est amusant, coté. Des comédiens y viennent, des artistes. J'y ai vu Jack au moins deux fois.

– Était-il seul ?

– Il avait toujours une cour autour de lui. Des pique-assiette… Vous savez, quand vous dépensez sans compter…

Sir Ivory se tourna vers sir Henry.

– Et vous, sir, fréquentez-vous ce pub ?

– J'ai horreur de ces endroits. Mon épouse le sait et s'y rend avec ses amis. Je préfère ma collection de timbres.

– En parlant de collection, connaissez-vous celle de lord Arnold ?

– Les cannes ? Chacun ses goûts, n'est-ce pas ?

– Eh bien, je vous remercie. Mais, dites-moi, sir Henry, ne devais-je pas rencontrer votre fille ?

– Oui, en effet. Et, c'est curieux, elle est justement absente... N'est-ce pas, Jane ?

– C'est vous qui lui avez demandé, ce matin, de se rendre chez Harrods... L'auriez-vous oublié ?

Sir Henry se mordit les lèvres. Mme Nelson était visiblement satisfaite du petit tour qu'elle venait de jouer à son époux.

– Madame, fit sir Ivory, puis-je vous demander d'avoir la bonté de faire savoir à Mlle Bettie que je l'attendrai demain à 5 heures chez Teedie, à côté du Savoy ? Il me faut lui parler.

– Je le lui dirai.

– Il n'en est pas question ! s'indigna sir Henry. C'est très incorrect !

– Vous plaisantez, mon ami, fit Mme Nelson. Sir Ivory est un gentleman...

– D'ailleurs, dit lourdement le superintendant, si elle ne vient pas à ce rendez-vous, c'est au Yard que nous l'interrogerons.

– Partez ! Partez tous ! s'écria sir Nelson, mû par une rage identique à celle de son aïeul contre ceux qui osaient s'opposer à la grandeur de l'Angleterre.

Chapitre 11

Le lieutenant Findley attendait les deux hommes au bas de l'immeuble de Kensington High Street. Dès qu'il les vit apparaître sur le perron, il s'empressa vers eux.

– Sirs, nous avons découvert un bar où la victime se rendait fréquemment. Ce n'est pas un endroit bien reluisant.

– Comment l'avez-vous découvert ?

– C'est un anonyme qui a téléphoné au Yard. Il avait lu les journaux, reconnu le neveu Boyleston sur les photos. J'ai envoyé deux hommes afin de vérifier ses dires. Effectivement, Jack s'y rendait fréquemment.

– Le nom ? demanda Forbes.

– Le « Rendez-vous ».

– Tout un programme... Allons-y.

La voiture banalisée de la police démarra aussitôt. Findley avait d'autres nouvelles à communiquer et en était tout excité.

– Sirs, la police d'Inverness nous a communiqué les renseignements demandés sur le sieur Drunsfield. Il est bien directeur général des filatures de laine peignée appartenant à la famille Boyleston. 52 ans. Marié, deux enfants. Formation technique de haut niveau. A monté tous les échelons, d'ingénieur à directeur en passant par la comptabilité et les achats. Considéré comme l'homme de confiance de lord Boyleston.

– Son alibi ?

– Durant toute la semaine en question il a partagé son temps entre Inverness, où il habite avec sa famille, et Beauly, où se trouvent les usines. La nuit du crime, il assistait à un concours de *pipers* et a remis des prix aux gagnants. Alibi parfait, sirs.

– Excellent, dit sir Ivory. Veuillez à présent demander si ce Drunsfield achète lui-même la laine brute pour le compte des filatures ou, si ce n'est pas le cas, quelle est la personne actuellement chargée des approvisionnements.

– À vos ordres, sir.

– Autre information ? demanda Forbes.

– Nous n'avons pas encore retrouvé la consigne correspondant au jeton.

– Avez-vous pensé que certains grands magasins ont ouvert des consignes à la journée ?

– C'est ce qui complique notre tâche, sir.

– Avez-vous visité les loueurs de costumes pour théâtre et bals masqués ?

– Aucun d'entre eux n'a loué ce type d'habit de soirée depuis deux mois.

Soudain, sir Ivory poussa une exclamation qui fit sursauter le superintendant assis à ses côtés.

– Qu'y a-t-il, sir ?

– Comment sir Henry a-t-il appelé sa femme ?

– Mais je ne vois pas...

– Souvenez-vous, Douglas ! Jane ! Il l'a appelée Jane !

– Et alors ?

– N'est-ce pas le prénom qu'avait entendu votre clochard le soir du crime ?

– Sapristi ! C'est ma foi vrai ! Jane, en effet.

Forbes consulta son carnet à élastique afin de bien vérifier l'information, puis il demanda :

– D'où vous en concluez...

– Rien. Mais ce peut être une piste. Comment avez-vous trouvé le couple Nelson ?

– Mal assorti. En tout cas, au bord de la dispute.

– Ils s'agacent l'un l'autre. Vous avez vu la façon dont il la rabroue et comment elle l'a mouché à propos de Bettie.

– C'est une femme très sûre d'elle...

– Lui, il joue à être le descendant d'Horatio Nelson. C'est un faible capable de colères ridicules.

– Jane Nelson, née Thompson... Dites-moi, lieutenant, veuillez vous renseigner sur la répartition des actions de la société Nelson and Thompson. Voyez s'il n'existe pas une connexion à quelque niveau avec une société appartenant à lord Boyleston.

– À vos ordres, sir.

La voiture, après s'être engagée dans Soho, s'arrêta devant le bar le « Rendez-vous », coincé entre un restaurant indien et un marchand de sous-vêtements féminins. Du restaurant émanaient des effluves de safran et de curry qui excitèrent les papilles de sir Malcolm tandis que Forbes, ébahi devant la vitrine de sous-vêtements, pestait contre la vulgarité du temps.

– Vous pouvez nous laisser, dit sir Ivory à

Findley. Nous allons entrer comme deux simples clients.

– Vous croyez ? fit le superintendant.

– C'est sûrement un endroit où l'on doit se défier de la police...

Ils poussèrent la porte de l'établissement et se retrouvèrent dans un de ces bars minables comme il en existe des dizaines dans le quartier, souvenir du temps où cette partie de Soho était livrée à la prostitution en plein air. Depuis, les filles avaient été reléguées dans des studios dont les habitués connaissaient l'adresse. Toutefois, quelques anciennes continuaient de fréquenter et, en quelque sorte, d'animer des bars tels que celui-ci.

Comme il était une heure, ils s'installèrent au bar et commandèrent deux hot dogs et deux bières. La salle était déserte. La femme qui servait avait oublié de se laver, mais n'avait pas manqué de se peindre le visage avec un rouge à lèvres violet, du fard à joues blanchâtre et un crayon à sourcils le plus charbonneux qui soit. Ses cheveux jaunes étaient montés en chignon sur le sommet de son crâne et retenus par un élastique. Elle évoquait ainsi, soit une clownesse, soit une momie baroque.

Les deux hommes mangèrent en silence, puis sir Ivory commanda deux whiskies. Du coup, l'atmosphère, jusque-là assez lourde, vint à changer. La femme devina les bons clients et, s'accoudant sur le comptoir devant eux, les apostropha :

– Quelle marque, mes trésors ?

– Du meilleur, fit sir Malcolm avec l'air de n'y rien connaître.

– Vous êtes de passage ?

– On nous a dit que l'endroit était sympa... Alors on est venus ; n'est-ce pas, Douglas ?

Forbes était outré. Quel jeu jouait donc là un homme aussi raffiné que sir Ivory ?

– Ah, pour être sympa, ici c'est diablement sympa, reprit la fille, mais surtout le soir. À cette heure-ci, vous comprenez, on récupère de la nuit.

– On voulait déjà repérer l'endroit, fit sir Malcolm. On reviendra ce soir. Notre copain Jack nous avait bien renseignés.

La femme s'arrêta de servir le whisky, la bouteille demeurant en suspens au bout de son bras nu.

– Vous avez dit Jack ? Quel Jack ?

– Ah, un drôle de nom, comme celui d'un

de ces lords, vous voyez... Rappelez-moi son nom, Douglas...

– Ne serait-ce pas Boyleston ?

– C'est ça même...

– Oh, fit la drôlesse, je comprends maintenant pourquoi vous êtes si bien habillés ! Vous êtes des copains de Jack ! Mais, dites-moi, vous savez ce qui lui est arrivé ?

– Non.

– Vous ne lisez pas les journaux, alors... Il lui est arrivé malheur.

Et elle annonça sur un ton tragique qui ne parvenait pas à cacher son plaisir de communiquer une nouvelle sensationnelle :

– Assassiné. Il a été assassiné.

Elle remit la bouteille sur le rayonnage, se rendit vers une porte qui se trouvait derrière le comptoir et appela :

– Bob ! Il y a là des copains de Boyleston !

Un grand escogriffe apparut. Son visage parsemé de taches de rousseur ne pouvait appartenir qu'à un Irlandais. Ses petits yeux de rat considérèrent les deux hommes avec méfiance.

– Une drôle de nouvelle... laissa tomber sir Ivory.

– Comment vous vous appelez ? demanda l'homme.

– Ivory et voilà Douglas. Mais comment est-ce arrivé ?

– On sait pas. Un coup d'épée dans le cœur, il paraît.

– Hein, Douglas, que c'est bizarre... On l'avait rencontré il n'y a pas longtemps, et là, vous me sidérez !

– On est peu de chose, dit la fille. Moi, je l'aimais bien Jack. C'était un marrant.

– Et puis, pour les affaires, il était régulier, affirma sir Ivory.

– Ah ça, je sais pas, fit l'homme. Il venait ici pour rigoler. Des fois, il restait jusqu'à quatre heures du matin. Un boute-en-train, fallait voir... Ah, c'est une perte !

– Et comme je le connais, il venait avec des filles, hein ?

– C'était rare. Il venait justement ici pour en trouver. Il aimait bien le genre de nos habituées. Mais c'était un monsieur, faut pas s'y tromper. Même qu'il nous racontait des histoires de riches. À mon avis, je vais vous dire, les filles qu'il trouvait ici le changeaient des bonnes femmes emperlousées qu'il devait fréquenter dans son monde.

La femme prit la parole en riant :

– Tu te souviens de la fois où il nous avait raconté comment il s'était fait une comtesse ou quelque chose comme ça ? On était écroulés.

– Ah, il savait raconter, le Jack !

Sir Malcolm proposa :

– Et si on buvait à sa mémoire ? Il aurait aimé ça.

– Pas pour moi, fit le superintendant, de plus en plus mal à l'aise.

– Allons, Douglas, vous n'allez pas faire ça à la mémoire de notre copain...

Décidément, sir Ivory y allait un peu fort ! Qu'aurait pensé Mme Forbes si elle avait su que son époux se trouvait en pareille compagnie ? Une bouteille d'un affreux vin pétillant français, baptisé champagne pour l'occasion, fut servi. On trinqua. On but. On se resservit.

– Une fois, quand même, il était venu avec une fille... dit la femme. Une fille de la haute, sûrement. Elle savait pas où se mettre, la gamine...

– T'as raison, Jany. Il y a une quinzaine de ça. Oui, c'était une môme vachement sapée qu'il avait dû amener là pour la dégourdir un peu.

– Il l'avait forcée à boire et elle avait été malade, tu te souviens ?

Au grand ahurissement de Forbes, sir Ivory enchaîna :

– Ah, je la connais ! N'est-ce pas une petite avec des cheveux roux, un nez en trompette ?

– Oui, avec des taches de son comme toi sur la figure, précisa la femme à l'intention de l'Irlandais.

– Son prénom ne serait-il pas Bettie ? demanda sir Malcolm.

– Oui, c'est ça ! Bettie !

Forbes fut pris d'un malaise. Il lui fallait s'asseoir. Tout cela tournait au cauchemar. Bettie Nelson, la fiancée de William Boyleston…

– Ah, fit sir Ivory, je vois que mon copain Douglas n'est pas bien. Il a besoin d'aller se reposer si on veut revenir ce soir.

– Encore un verre à la mémoire de Jack ! proposa la clownesse.

Mais sir Ivory refusa, régla l'addition, salua le couple comme s'ils étaient de ses vieux amis et aida le superintendant à regagner la rue. Le mélange de la bière, du whisky et du pseudo-champagne avait terrassé le malheureux Forbes.

– Ah sir Malcolm, dans quel guet-apens

m'avez-vous entraîné ? Ces gens sont abominables, leurs boissons sont infectes et les saucisses des hot dogs étaient à moitié pourries.

– Mais quelle pêche !

– La petite Nelson... Ce Jack était un individu ignoble. L'amener dans un tel lieu ! Voilà qui n'arrange pas mon état. Que va dire Mme Forbes ?

– Service commandé, mon cher.

– Et quel comédien vous faites ! Vous les avez roulés dans la farine de la plus belle façon !

– Mon cher, il faut savoir s'adapter aux circonstances. Cela dit, je vous mets dans ce taxi. Rentrez chez vous.

– Ma pauvre tête... Mon pauvre estomac... Et pauvre Angleterre !

Lorsque le superintendant fut installé dans le cab, sir Ivory décida de rentrer à pied à son appartement de Wardour Street. Il n'était pas mécontent de lui, mais ce qu'il venait d'apprendre lui laissait un goût plus amer que le breuvage du dénommé Bob. Jack avait réussi à séduire Bettie au point de la faire sortir en cachette de chez elle et de l'amener par goût de la provocation, voire du vice, à passer toute une nuit dans un bar à prostituées...

Il se souvint que les yeux de Bettie étaient rougis par les larmes lorsqu'il l'avait rencontrée chez lord Boyleston. Avait-elle été séduite par ce vulgaire don Juan au point de l'aimer ? Était-elle devenue sa maîtresse ? Son père avait-il appris cette liaison douteuse ? Avait-il décidé de tuer Jack pour le punir d'une telle infamie ? Sir Henry avait beau être un faible, il était capable de se laisser emporter par de terribles colères. Il faudrait vérifier son alibi et aussi celui de lord Boyleston. Il s'en voulut de ne pas l'avoir fait plus tôt. Un vieux réflexe de classe l'en avait retenu. Car, après tout, utiliser une canne-épée pour tuer quelqu'un n'était-il pas le geste d'un aristocrate ?

Chapitre 12

Le salon de thé Teedie, à côté du Savoy, était l'un des établissements huppés de la capitale où ne sauraient s'aventurer que les gens bien nés. Un farouche cerbère en interdisait l'entrée à toute personne n'appartenant pas à l'aristocratie, et en particulier aux malheureux touristes qui, naïvement, pensaient pouvoir y pénétrer. Il est vrai que Stanton, le vieux portier, avait jadis travaillé comme physionomiste dans différents casinos, ce qui avait formé sa mémoire. Personne d'autre que lui dans tout le Royaume-Uni n'avait ainsi tout le Gotha international inscrit dans les méandres de son cerveau. Il en était légitimement fier et se faisait un honneur d'accueillir chaque arrivant par son titre et son nom comme si c'était lui l'hôte de l'endroit.

– Ah, sir Ivory, quelle joie de vous revoir... Chaque fois que vous nous faites l'honneur de nous rendre visite, je pense à sir Philip. Il venait souvent ici avec lady Mary, votre mère.

– Le temps passe, mon bon Stanton, et vous êtes toujours là, fidèle au poste.

– On vieillit, sir Malcolm, on vieillit.

Lady Mary... Sir Ivory n'avait connu sa mère que quelques années et, brusquement, il s'apercevait qu'elle avait dû ressembler à lady Elisabeth : même discrétion, même noblesse de l'âme, même allure distraite, éternellement juvénile, voire enfantine. Il pénétra dans le lieu saint qui, en fait, ressemblait à une bonbonnière victorienne avec ses voilages, ses rideaux à pompons, ses lustres vénitiens roses, ses petites tables rondes en bois sculpté et au dessus orné de découpages colorés protégés par une plaque de verre. Ces figurines représentaient des petites filles au cerceau en robe à rubans, des gamins en bermuda courant après des papillons, des chats alanguis sur des coussins et des chiens frisottés faisant le beau. Cette ambiance d'enfance surannée faisait le charme de Teedie et évoquait dans la mémoire des privilégiés admis à y goûter tout un monde de références dont il était de bon ton de penser qu'elles formaient le substrat de la conscience anglaise.

Sir Ivory s'assit dans un box qui le mettait discrètement à l'écart des autres tables où de vieilles personnes prenaient le thé. Il commanda les célèbres *cookies* et les non moins célèbres *muffins* de la maison avec un darjeeling qu'on lui apporta dans une théière protégée par un coussin en forme de cottage. Puis il attendit, se demandant si Bettie Nelson répondrait à son invitation.

Elle apparut avec une demi-heure de retard. Stanton l'avait complimentée sur son manteau de renard roux et lui avait demandé des nouvelles de ses parents (« que l'on voit moins, hélas, depuis quelque temps… »), ce qui l'avait agacée. Elle s'excusa et s'assit en face de sir Ivory avec la grâce de quelqu'un qui prend place dans le fauteuil du dentiste. Non, elle n'était pas jolie, mais sa frimousse envahie de taches de rousseur avait la fraîcheur pensive des adolescentes qui hésitent encore à faire le pas vers l'âge adulte.

– Peut-être souhaiteriez-vous ôter votre manteau… proposa sir Malcolm.

Elle fuyait son regard, gênée, engoncée dans cette fourrure de prix qui semblait appartenir à sa mère.

– Non, merci. Je suis bien comme ça.

– C'est très gentil d'avoir accepté mon invitation. Vous m'en voyez flatté.

Elle leva un œil vers lui afin de s'assurer qu'il ne se moquait pas, puis elle eut un pâle sourire.

– Jane m'a conseillé de venir... Je ne comprends pas très bien.

– La raison de cette rencontre ? Oh, c'est très simple. Je vais vous expliquer. Dans une affaire comme celle qui nous occupe, la police doit nécessairement enquêter et elle ne le fait pas toujours avec beaucoup de tact. Elle veut arriver à ses fins et, de toute façon, elle y arrive mais souvent en laissant derrière elle de véritables dégâts. Vous comprenez ?

– Un peu.

– Prenez un *muffin*, ils sont délicieux.

Elle obéit.

– Or, vous le savez, je ne suis pas de la police. Je fais partie de votre monde. Mon rôle est d'aller au fond des choses, certes, mais avec toute la compréhension dont je puis être capable. Autrement dit, je suis un conseiller et non un enquêteur. Et si vous preniez un chocolat au lait ?

Elle hocha la tête en guise d'acquiescement. Lui aurait-il proposé une Guinness que, dans son trouble, elle l'aurait machinalement acceptée. Pour tenter de la détendre, il demanda :

– Aimez-vous les rallyes automobiles, vous aussi ?

– Pas tellement.

– Vous y accompagnez votre fiancé...

– Parfois.

– William est un parti exceptionnel. Je suis sûr que vous formerez un couple exemplaire...

Son petit visage se crispa. Elle avait soudain peine à retenir ses larmes. Sir Malcolm se pencha vers elle :

– Mademoiselle, dites-moi... Que se passe-t-il ?

– Oh, vous ne pouvez pas comprendre...

Elle éclata en sanglots. Sir Ivory lui tendit sa pochette dans laquelle elle enfouit son visage. Il attendit qu'elle se calmât. Discrète, la serveuse déposa le pot de chocolat au lait et s'en fut.

– Il s'agit de vos parents... Ils ne vous comprennent pas.

– C'est mon père... Jane, elle, me comprend un peu.

– Votre père est très pris par ses affaires...

– Même pas ! C'est grand-père qui dirige l'entreprise.

– Sir Clifford... Lui, vous comprend...

– Oh, c'est trop compliqué !

– Goûtez à ce chocolat. C'est une spécialité. Vous n'en boirez jamais de meilleur...

Elle trempa ses lèvres dans la grande tasse jaune sur laquelle s'égaillaient des oies sauvages, puis elle dut trouver le breuvage à son goût car elle en but goulûment.

– Qu'est-ce qui est compliqué, mademoiselle ?

– La vie, je ne sais pas, moi...

– C'est bien vrai. Mais votre futur mariage avec William devrait aplanir bien des choses...

– Je ne sais pas.

– Comment cela ? Vous l'aimez, n'est-ce pas ?

– Il est gentil, serviable, adorable... Je l'aime bien.

– Je comprends. Ce sont les familles qui ont arrangé ces fiançailles...

– C'est ça.

– Et vous, vous avez d'autres vues, peut-être ?

À nouveau des larmes coulèrent de ses yeux.

– Je n'aime pas lord Boyleston. C'est un

homme dur, une sorte d'automate qui veut en imposer à tout le monde !

– Lady Elisabeth, en revanche...

– Heureusement qu'elle est là ! Elle est bonne. Elle comprend tout, elle, mais elle ne peut rien faire...

– Selon vous, que faudrait-il qu'elle fasse ?

– Tout est entre les mains de lord Boyleston. Elle en est prisonnière, en quelque sorte.

– Et comment a-t-elle pris la disparition de Jack ?

– Jack ?

Ses traits s'étaient soudain figés, puis comme si un barrage s'était ouvert en elle, libérant un flot tumultueux, elle se prit à déverser tout le trop-plein de sa conscience tourmentée.

– Jack était le seul vivant dans cet univers de fantômes et de marchands. Il existait ! C'est pour ça qu'on l'a tué.

– Vous aviez pour lui beaucoup d'affection, n'est-ce pas ?

Elle redressa la tête et sur un ton de défi :

– Je l'aimais ! Même s'il m'avait fait du mal, je l'aimais.

– Vos parents le savaient ?

– Je me suis révoltée contre eux, surtout

contre mon père. Je n'en pouvais plus de toute cette médiocrité pontifiante... Une nuit, alors que j'allais retrouver Jack, mon père m'a suivie. Ils se sont querellés et, à contrecœur, j'ai dû rentrer à la maison. J'avais honte. J'avais honte d'obéir à mon père. Mais quel scandale ! Lord Boyleston fut averti et, paraît-il, tança vertement son neveu. Mon grand-père Thompson alla trouver Jack et le menaça de la police. Une horreur...

– Et William ?

– Il fut très compréhensif, adorable, comme toujours. En fait, personne ne savait jusqu'où Jack et moi étions allés. On taxa mon comportement d'enfantillage et les événements en restèrent là.

– Mais ce n'était pas de l'enfantillage... Jack n'en resta pas là.

– Comment le savez-vous ?

– Je connais l'âme humaine, mademoiselle... Quand avez-vous compris que Jack n'était pas exactement celui que vous pensiez ?

– Il m'avait emmenée dans une sorte de cabaret... un lieu affreux. Je voulais partir. Il m'obligea à rester. Il buvait avec des filles... Ah, ce fut abominable !

– Pourquoi avait-il fait ça ?

– Il disait que c'était pour m'aguerrir, me faire voir le vrai visage de l'existence... Mais je sentais qu'il prenait plaisir à tenter de me salir. Et moi, parce que je l'aimais, je voulais comprendre pourquoi il agissait ainsi envers moi. En fait, il voulait se venger de lord Arnold, de son cousin William et de tout ce qu'ils représentaient à ses yeux. Oui, il les haïssait. Et cela, je pouvais le comprendre. Moi aussi, je me révoltais contre les miens. Mais vous savez ce que c'est... On demeure quand même attaché, même si cet attachement vous englue, vous oblige à renoncer à ce que vous brûleriez de vivre en toute liberté. Jack se moquait : « Tu es comme une chèvre au piquet. » Il n'avait pas tort.

– Votre chocolat va être froid. Ce serait dommage...

Elle acheva la tasse et s'essuya les lèvres avec la pochette de sir Malcolm. Elle paraissait soulagée par sa confession.

– Mais, reprit sir Ivory, pourquoi votre famille tient-elle tellement à ce mariage ?

– Une question d'orgueil, sans doute, mais aussi des raisons financières...

– Comment cela ?

– Je n'y connais rien. Je crois comprendre que mon père a besoin d'argent pour racheter les actions de mon grand-père Thompson qui, pour l'heure, est majoritaire dans l'affaire.

– Et vous accepteriez de vous marier avec quelqu'un que vous aimez à peine pour satisfaire aux besoins financiers de votre père que vous détestez ?

– C'est mon devoir, non ? D'ailleurs, maintenant que Jack n'est plus, tout m'est égal. William est si gentil, si sérieux. Avec lui, au moins, je serai libérée de l'emprise paternelle. Et puis il a su me pardonner. Oui, je crois que je pourrai l'aimer.

– Et qu'en pense votre mère ?

– Jane me conseille en ce sens. Ce mariage arrangera tout le monde.

– Mais alors, pourquoi n'a-t-il pas déjà été célébré ?

– Je suppose qu'il faut que certains arrangements préalables se fassent…

– Je vois. Et maintenant, mademoiselle, je vais vous poser une question qui, je le sais, vous sera très pénible. À votre avis, qui a pu tuer Jack ?

– Oh, j'y ai beaucoup pensé. Comment dire ? Il est impossible que ce soit des personnes proches…

– Autrement dit, vous n'imaginez pas que lord Boyleston ou sir Henry aient pu se livrer à un acte pareil.

– Évidemment.

– Et William ?

– Encore moins.

– Votre grand-père Thompson ?

– Mon Dieu.

– Et pourquoi pas une femme ?

– Une femme ? Les journaux disaient qu'un clochard…

– … avait parlé d'un homme en habit de soirée. C'est exact. Mais une femme peut se déguiser. Votre mère, par exemple, a une voix très grave… Dans le brouillard, un homme pris de boisson peut s'y tromper.

– Mais vous n'y pensez pas !

– Bien sûr que non, mais c'est pour vous expliquer que dans une affaire de meurtre, il ne faut jamais rien écarter. D'ailleurs, quels étaient les rapports de votre mère avec Jack ?

– Elle le connaissait pour l'avoir vu grandir chez les Boyleston, mais elle a toujours supposé que c'était un être malheureux. La mort de ses parents et de sa petite sœur l'avait déraciné.

– Une petite sœur ? Tiens, j'ignorais qu'une enfant était morte également dans l'incendie. On n'en parle jamais.

– Je crois qu'elle avait six ou sept mois.

– Jack vous avait-il parlé de cette tragédie ?

– Non et je ne me serais pas permise de l'interroger là-dessus.

– Eh bien, mademoiselle, je crois que nous nous sommes parlé avec beaucoup de franchise. Est-il besoin de vous dire que tout ceci restera strictement entre nous ?

– Jane m'a dit que vous étiez un gentleman.

– Je vous remercie de votre confiance et de la sienne. Tenez, voici une enveloppe que je vais vous demander d'avoir la gentillesse de remettre à votre mère. Je la prie d'accepter un rendez-vous.

– Elle y viendra sûrement. Elle vous apprécie beaucoup. Et moi aussi, sir Malcolm.

– Vous êtes trop indulgente. Allez, et soyez heureuse. Vous le méritez.

Elle se leva, à nouveau intimidée par ce qu'elle venait d'exprimer.

– Puis-je garder votre pochette ? En souvenir.

– Bien sûr, mon enfant.

– Je ne suis plus une enfant !

– Pardonnez-moi. À un autre jour, ma chère Bettie.

– Je préfère ça.

Et elle s'en alla. Sir Ivory la regarda partir avec la sensation que beaucoup d'éléments nouveaux avaient surgi de cette conversation, bien qu'il n'eût su dire où les situer dans le puzzle. Mais il savait que, le moment venu, tout se placerait comme par enchantement dans sa tête. Pour cela, il faisait confiance à l'organisation de ses chères petites méninges qui, jusqu'alors, ne l'avaient jamais trahi.

Chapitre 13

*L*e brouillard s'était levé. L'air était encore humide mais un léger soleil incitait sir Ivory à la bonne humeur. En quittant le salon de thé, il décida de gagner à pied le magasin de son vieil ami Harry Lonsdale, l'antiquaire de Fleet Street. Le spectacle de la foule grouillante sur le Strand lui fit momentanément oublier les vicissitudes domestiques des familles Boyleston et Nelson. Mais dès qu'il eut déplié le *Guardian*, acheté à un distributeur, le drame lui fut restitué dans toute son ampleur.

« Lord Boyleston sommé de s'expliquer devant ses pairs. » L'article relatait qu'à la suite du meurtre de Jack Boyleston, les rumeurs les plus folles avaient circulé dans le milieu des affaires, mettant en cause les rapports du neveu et de l'oncle. Les Travaillistes souhaitaient que la lumière soit faite sur le train de vie de la victime et sur ses relations. Lord Arnold avait eu bien raison de se méfier, mais son erreur avait été de vouloir cacher trop longtemps la réalité des faits. Ce que sir Ivory avait découvert du caractère de Jack pouvait être connu de tout journaliste tant soit peu curieux.

Harry Lonsdale accueillit sir Malcolm avec joie. Cela faisait plus d'un an qu'il n'avait reçu sa visite. Il étudia avec beaucoup d'attention le bouton de nacre que son ami lui confia. Puis il dit :

– Sans aucun doute ce bouton vient de chez le couturier George Thompson. Il en utilisait de semblables en exclusivité vers 1920 pour ses habits de soirée. Il ne s'en fabrique plus depuis l'époque. Toutefois, il se peut que ce type de bouton ait été récupéré plus tard sur des costumes d'homme usagés et utilisé pour des corsages de femme, par exemple.

– Connaissez-vous la collection de cannes de lord Boyleston ?

– Je sais qu'elle existe mais ne l'ai jamais vue.

– A-t-il été l'un de vos clients ?

– Je n'ai jamais eu cet honneur.

– Et sir Henry Nelson ?

– Lui, non. Son épouse, oui. Une femme intelligente, un rien folâtre. Elle est d'ailleurs la petite-fille de George Thompson dont nous parlions à l'instant. Ah, sir Malcolm, c'est pour cela que vous me faisiez voir ce bouton !

– Pas précisément, mais voyez combien la coïncidence est intéressante...

– Où avez-vous trouvé ce bouton ?

– Secret de l'enquête, mon ami.

– Il serait donc lié à la mort de Jack Boyleston ?

– Peut-être bien... Vous l'avez connu ?

– Non.

Sir Ivory changea de sujet :

– Avez-vous un exemplaire de l'édition originale du *Château des Trente*, le chef-d'œuvre d'Horace Wallace ? L'exemplaire de ma bibliothèque est mutilé, hélas ! La page 32 n'est pas imprimée.

Lonsdale se rendit dans l'arrière-boutique et en revint un livre à la main.

– Celui-là fera-t-il votre bonheur ?

Sir Ivory l'ouvrit à la hâte et s'écria :

– Incroyable ! La page 32 est également vierge !

Il y avait vingt ans qu'il recherchait un exemplaire complet et ne le trouvait jamais. Comment se faisait-il que cette page manquât dans la plupart des ouvrages que l'on pouvait encore trouver ? Il est rare que dans un tirage original ce type d'erreur d'imprimerie se rencontre.

– Vous devriez aller voir à la British Library. Il m'étonnerait que leur exemplaire ne soit pas complet.

– J'y penserai. Au revoir, et merci pour l'origine du bouton.

Il se fit conduire à Scotland Yard. Il lui fallait parler au superintendant, réfléchir en sa compagnie. Forbes agissait comme un catalyseur sur sa pensée. Il le trouva dans son bureau, effondré sous des tonnes de paperasses administratives.

– Ah, sir Malcolm, si vous saviez...

– Dites-moi.

– Notre métier est gâché par tous les rapports qu'il faut écrire, tous les justificatifs qu'il faut produire... Mais j'ai des nouvelles pour vous. Asseyez-vous.

Il sortit son fameux carnet et se prit à le compulser.

– Premièrement, nous avons appris qu'il existe effectivement des relations d'affaires entre lord Arnold et sir Henry. Tenez-vous bien : ce dernier a fait un emprunt notarial auprès de lord Boyleston d'un montant de 500 000 livres !

– Il y a longtemps ?

– Deux mois. Et il s'agit d'un prêt sans intérêt.

– Curieux.

– En fait, sir Henry aurait fait des placements désastreux dans le cacao et le sucre, et cela en utilisant l'argent de son beau-père, sir Clifford Thompson. Pour tenter de tout arranger, il lui a signé des reconnaissances de dette. Les 500 000 livres seraient destinées à boucher le trou, faute de quoi sir Henry aurait dû céder ses actions à son beau-père qui, de ce fait, serait devenu seul propriétaire de la société d'importation « Nelson and Thompson ».

– Je commence à comprendre l'assurance légèrement narquoise de Jane à l'égard de son mari... Car, évidemment, c'est elle qui, plus tard, héritera de l'ensemble.

– Sans doute.

– Mais comment sir Henry compte-t-il rembourser les 500 000 livres à lord Arnold ?

– Mystère.

– À moins que le mariage de Bettie avec William n'arrange bien les choses…

– Vous avez parlé à la petite ?

– Oui. Elle n'est pas très au courant des affaires de son père qu'elle n'aime pas beaucoup, mais c'est une fille de devoir. Une autre nouvelle, Douglas ?

– Vous aviez demandé à Findley de se renseigner sur l'acheteur de laine des filatures d'Inverness. Il s'agit d'un certain Cyril Curtney, 32 ans, célibataire. Il a connu Jack à l'armée. C'est Jack qui l'a fait nommer à ce poste. Il avait les connaissances requises. Mais plus intéressant encore : il était à Londres, le soir du crime. Je l'ai donc convoqué en prévenant les autorités d'Inverness au cas où il aurait la tentation de jouer les filles de l'air. Normalement il sera là demain.

– Parfait. Quoi encore ?

– Nous avons trouvé le casier de consigne qui correspond au jeton 230. Il se trouve dans le sous-sol des magasins « Fortnum and Mason's ». Ça n'a pas été facile parce qu'il existe de nombreux ensembles de consignes ayant un jeton de même fabrication et un box portant le numéro 230.

– Alors comment avez-vous su que ce box était le bon ?

– Parce que l'épaisseur du jeton est différente selon les ensembles. L'ouverture ne peut se produire qu'avec le jeton correspondant non seulement au numéro mais à l'épaisseur convenable.

– Et qu'y avait-il dans ce box ?

– Rien. Il était vide.

– Cher Douglas, vous auriez pu le dire tout de suite... Y avait-il des empreintes ?

– Non plus.

– Reste à savoir pourquoi Jack avait besoin d'un casier de consigne. De quelle dimension est-il ?

– C'est un petit casier. Tout juste pour y ranger une mallette.

– Et c'est une consigne à la journée, comme il en existe dans ce genre de magasins. Les clients y déposent une partie de leurs commissions pendant qu'ils en font d'autres. Qu'arrive-t-il dans le cas où le client ne revient pas, la journée écoulée ?

– La direction attend 24 heures et ouvre le box. Nous nous sommes renseignés auprès du responsable de « Fortnum and Mason's ». Ils ont trouvé le 230 effectivement vide. C'était d'ailleurs consigné dans un cahier. Il n'y a pas d'erreur possible.

– Le corps de Jack a-t-il été rendu à la famille ?

– Il est toujours à la morgue, en bas. La date des obsèques n'a pas encore été fixée par lord Boyleston. Je lui ai téléphoné à ce sujet. Il m'a envoyé au diable. Nous ne pourrons tout de même pas le garder éternellement…

– C'est un cadavre encombrant, Douglas. Avez-vous lu les journaux ?

– Avec toute cette paperasserie, je n'ai plus le temps de rien faire !

– L'affaire s'engage sur le terrain politique. C'est ce que craignait lord Arnold. Jack serait-il son talon d'Achille ?

À ce moment, on frappa à la porte. Le lieutenant Findley entra, salua réglementairement et annonça qu'un certain Ballister insistait afin d'être reçu.

– Qui est-ce ? demanda Forbes.

– Ce doit être le majordome des Boyleston, suggéra sir Ivory. Il peut être utile.

– C'est ma foi vrai ! Lieutenant, faites-le entrer.

– À vos ordres, sir.

Ballister était en costume de ville, ce qui changeait complètement son apparence. Autant il paraissait solennel et sévère en habit, autant il semblait vieux et minable dans son pardessus noir élimé. Il faisait tourner entre ses mains un chapeau melon dont le ruban s'ornait d'une médaille miraculeuse. Les jambes de son pantalon trop grand formaient des poches à hauteur des genoux. Une voix sans timbre sortit de ses lèvres trop minces.

– Monsieur le superintendant, je ne sais pas si vous vous souvenez de moi...

– Parfaitement. Vous désirez me parler ?

– Puis-je m'asseoir ?

– Évidemment. Prenez ce siège.

Il s'assit avec précaution, posa son chapeau sur ses genoux et attendit.

– Qu'avez-vous à nous dire, monsieur Ballister...

– Oh, vous pouvez m'appelez Ballister, simplement. Je ne suis qu'un majordome ou, du moins, je l'étais.

– Comment cela ?

– Lord Arnold m'a renvoyé. Et surtout ne croyez pas que je sois venu pour me plaindre, mais c'est à la suite de votre visite et de votre rencontre avec M. William... Lord Arnold m'a véritablement insulté, disant que je n'avais pas obéi à ses ordres. Messieurs, j'étais au service de cette famille depuis trente-cinq ans. Je n'ai même pas un gîte pour m'abriter.

– Mais ce n'est pas légal ! s'écria Forbes. Vous avez le droit à un préavis et à des compensations !

– Monsieur le superintendant, j'ai ma dignité. Je ne demanderai rien à lord Boyleston ni à son fils. D'ailleurs ce n'est pas pour cela que je suis venu.

Il prit sa respiration comme font les nageurs avant de plonger et, avec la même voix atone, commença :

– C'est au sujet de M. Jack. Je l'ai vu grandir, de même que M. William. Et, voyez-vous, je ne suis pas aveugle : j'ai bien vu que, dès son arrivée chez lord Arnold, ce garçon-là nous donnerait du fil à retordre. Il était insolent, dissipé. Très vite il s'est mis toute la domesticité à dos. Vous savez ce que c'est, nous en parlions aux cuisines, mais que faire d'autre ? Ni lady Elisabeth, ni lord Arnold n'avaient l'air de se préoccuper du tempérament de leur neveu.

– Enfant, n'était-il jamais puni ? demanda sir Malcolm.

– Lady Elisabeth a toujours vécu dans son monde. Elle est comme absente. Il n'y a guère que deux choses qui l'intéressent : peindre des fleurs et inaugurer des kermesses. Il faut dire que face à lord Boyleston elle ne pouvait guère faire davantage...

– Comment les deux enfants ont-ils été élevés et par qui ?

– Ils ont eu un précepteur, mais il n'est pas resté longtemps. Et puis un autre, un troisième. Si M. William travaillait bien et demeurait un modèle de gentillesse, M. Jack, lui, faisait tout de travers exprès et se montrait méchant envers ses professeurs qui, les uns après les autres, s'en allaient. Cela dura jusqu'au jour où les deux enfants furent mis au collège à Eton.

– Comment était Jack avec William ?

– William est un doux. Par exemple, c'est lui qui faisait les devoirs de son cousin. Je lui répétais : « M. William, il ne faut pas faire ça... » Il me répondait : « Mais si, Ballister. Comme ça il me laisse en paix. » Par la suite, M. Jack ayant été chassé d'Eton s'engagea dans l'armée, tandis que M. William faisait son droit financier. Je les voyais alors très peu l'un et l'autre. Puis M. Jack après avoir achevé son temps revint ici. Il commença à faire différents petits métiers, et surtout à dépenser sans compter, à faire des placements qui lui firent perdre rapidement la fortune qu'il avait héritée de ses parents. Cela dura cahin-caha jusqu'au moment où il fut embauché à la société Caldwin and Sotter. À partir de cette date, tout changea. Il continuait de vivre de façon tapageuse mais il devait gagner beaucoup d'argent, ce qui lui permettait de se renflouer. On en parlait aux cuisines. Je vais vous dire : il y avait du louche dans son comportement. Aussi n'avons-nous pas été étonnés quand... enfin, vous me comprenez.

– Monsieur Ballister, reprit sir Ivory en haussant la voix, qu'avez-vous de précis à nous révéler ?

Le vieil homme laissa tomber son chapeau, le ramassa en se levant, s'assit de biais sur la chaise.

– Effectivement... Voyez-vous, messieurs, il est difficile pour un domestique dont la fidélité... Mais ma conscience... Il s'agit d'un meurtre. Et donc il me faut vous rapporter une conversation ou plutôt une querelle qui eut lieu entre lord Boyleston, M. William et M. Jack, l'après-midi qui a précédé la mort de ce dernier.

– Voulez-vous prendre un café ? demanda Forbes afin de l'apprivoiser un peu.

– Bien volontiers. Tous ces événements m'ont terriblement choqué. Je ne dors plus.

– Nous le comprenons aisément. Veuillez parler librement.

– Je vous remercie de votre compréhension. Et donc, cet après-midi-là, vers quatre heures, M. Jack est arrivé furieux. Je l'ai introduit dans le salon.

– N'avait-il pas sa clé ?

– Depuis qu'il avait son appartement au troisième étage, il sonnait comme tout le monde.

– Continuez, je vous prie.

– Presque aussitôt, lord Boyleston est sorti de son bureau en compagnie de M. William. Ils sont venus rejoindre M. Jack avant même que j'aie eu le temps de m'éloigner. Les éclats de voix m'ont arrêté... oui, je l'avoue, j'étais plus inquiet que curieux de comprendre ce qui se passait... et donc j'ai écouté. Ils parlaient d'ailleurs tous tellement fort que l'on devait les entendre à l'autre bout de l'appartement.

– Que se disaient-ils ?

– M. Jack a crié quelques injures, disant qu'il n'était pas un domestique et qu'il ne comprenait pas qu'on le traite de cette manière. Lord Arnold a répondu que c'était fini, que sa patience était à bout, qu'il ne voulait plus le voir et qu'il lui fallait quitter l'appartement du troisième d'ici la fin de la semaine. M. Jack s'en est alors pris à M. William, le traitant de tous les noms. À un moment, il a crié : « C'est toi qui as manigancé toute l'affaire ! Sous tes airs de boy-scout, tu n'es qu'un hypocrite ! » À quoi M. William a répliqué que les choses n'avaient que trop duré, et là, il a fait une allusion à du racket, ou quelque chose comme ça. « Alors vous voulez ma mort ! » cria M. Jack. « Il vaudrait mieux que tu sois mort, en effet. Tu n'apportes que destruction dans cette maison », a dit M. William. Là-dessus, il y eut un brouhaha, un hurlement. J'ai compris au bruit que ces messieurs se battaient. Je suis revenu précipitamment dans le salon. Et là... Ce fut un moment épouvantable...

Il s'arrêta pour boire le café qu'un sergent venait d'apporter.

– Imaginez ce que mes yeux ont dû voir... M. Jack frappait lord Arnold avec une canne, tandis que M. William tentait de l'en empêcher.

Je me suis interposé. M. Jack a jeté la canne et a frappé d'un coup de poing M. William au visage avant de quitter le salon en lançant des injures d'une vulgarité... ah, d'une vulgarité, messieurs ! Et c'est alors que M. William a couru après lui et a crié : « Pour ce que tu as fait là, Jack, je te tuerai ! »

– Ce furent exactement ses paroles ?

Ballister baissa la tête et, fixant son chapeau, les yeux emplis de larmes :

– Hélas... C'est comme si je dénonçais mon jeune maître qui fut toujours si bon envers moi. Mais j'ai tourné et retourné cette scène abominable dans ma tête. Je me suis dit que si on devait l'accuser de ce crime, mon témoignage lui apporterait des circonstances atténuantes car, je vous le jure, messieurs, si j'avais été à sa place, c'est ce que j'aurais fait. Oser frapper un lord d'Angleterre ! Son bienfaiteur qui l'avait recueilli ! Quelle honte !

Il sortit un mouchoir de la poche de son manteau et s'essuya les yeux.

– Puis-je avoir un autre café ?

– Peut-être vaudrait-il mieux que vous mangiez un peu. Je peux vous faire monter un sandwich... proposa le superintendant.

– Si vous voulez... Mais vous comprenez quelle est ma détresse, n'est-ce pas ?

– Ne vous inquiétez pas, dit sir Ivory. Vous avez d'autant mieux fait de nous révéler cette scène que, dans l'état actuel de mes réflexions, je ne pense pas que ce soit William le coupable.

– Vous croyez ? Ah, si vous pouviez dire vrai ! C'est que je le respecte infiniment, M. William ! Je l'ai connu enfant, voyez-vous...

– S'est-il absenté dans la soirée du crime ?

– Il a dîné avec lady Elisabeth et lord Arnold, comme presque chaque soir. Puis il a gagné le deuxième étage où il a sa chambre et son bureau privé.

– J'ai remarqué, dit sir Ivory, que l'on accède à chaque étage par un escalier général et un ascenseur, William a donc pu gagner la rue sans que vous le sachiez.

– En effet, sir.

– Et lord Arnold, est-il sorti ce soir-là ?

– Je me suis retiré à 9 heures. Jusqu'à cette heure-là, en tout cas, il était dans son bureau où je lui ai apporté son verre de sherry habituel.

– Que faisait-il ?

– Oh, je l'ignore... Je ne me serais pas permis... Il y avait des papiers sur son bureau. Il écrivait, je crois.

Lorsque le majordome se fut restauré et qu'il fut parti, Forbes demanda à sir Malcolm :

– Après ce que nous venons d'apprendre, vous croyez vraiment que William ne doit pas être considéré comme le principal suspect ?

– Mon cher, j'ai dit cela pour apaiser la conscience de ce brave homme. Rien de plus. De toute façon, veuillez bien faire vérifier son alibi pour cette nuit-là, ainsi que ceux de lord Arnold et de sir Henry.

– Les leurs aussi ?

– Cette affaire nous réserve de fortes surprises, croyez-moi.

Chapitre 14

Sir Ivory avait donné rendez-vous à Jane Nelson dans le transept nord de la cathédrale Saint-Paul. Cet énorme bâtiment, dû à sir Christopher Wren, est d'une froideur qui incline peu à la méditation. Pourtant, les Londoniens en ont fait un haut lieu depuis que les funérailles nationales y sont célébrées et que la reine Victoria a fêté ses cinquante ans de règne.

Lorsque l'épouse de sir Henry arriva, elle ne put s'empêcher de montrer sa mauvaise humeur.

– Êtes-vous un humoriste, sir Malcolm ? Ce lieu est déplacé !

– À moins que ce ne soit nous qui soyons déplacés en ce lieu, madame…

– Alors, pourquoi l'avoir choisi ?

Elle portait un ensemble de chasse beige, avec culotte de cheval, veste de daim, feutre masculin et cravate. Ses mains étaient gantées de cuir fauve.

– Parce que je voulais vous rencontrer sur un terrain suffisamment différent pour que votre personnalité puisse mieux m'apparaître. Ici, vous n'êtes pas en sécurité.

– Mon Dieu ! fit-elle en acceptant de rire. Je rectifie mon jugement. Vous êtes abominablement sérieux !

– Et puis c'est ici qu'est inhumé l'amiral…

– Cher Horatio ! Il me poursuivra toujours ! Un fantôme borgne et manchot !

– Vous n'êtes guère respectueuse avec l'un des plus grands héros d'Angleterre…

– Il est mort. Qu'il me laisse en paix… Allons-nous rester ici longtemps ?

– Asseyons-nous, je vous prie.

– Sur ces bancs ?

Elle ne devait pas entrer souvent dans une église. Elle haussa ostensiblement les épaules et s'assit à côté de sir Ivory qui, pour l'occasion, avait revêtu son pardessus de cachemire noir à col de velours. Ainsi, tous les deux, sous cette nef, formaient-ils un couple bien étrange, elle hostile, lui volontiers provocant.

– Madame, j'ai eu le plus grand plaisir à m'entretenir avec votre fille. Elle est charmante.

– Mais idiote ! Vous lui avez tiré les vers du nez grâce à une tasse de chocolat au lait ! Nos affaires privées ne regardent que nous, sir Malcolm !

– Sauf lorsque s'y mêle un cadavre, chère madame !

– Ce Jack était séduisant au possible... Il faut comprendre qu'une gamine sans expérience ait pu être bernée par ses belles paroles.

– Et vous, madame ?

– Moi ? Décidément, vous êtes d'une indiscrétion rare ! Je commence à comprendre pourquoi vous avez choisi ce lieu sinistre ! Vous voulez me confesser !

– Je veux comprendre ce qui s'est passé exactement. Diverses pistes s'ouvrent à moi. Aucune ne me satisfait. Alors je fouille et tant pis, madame, si je vous parais indiscret.

– Voilà qui est clair, au moins ! Eh bien oui, lorsque Jack est revenu de l'armée, il avait beaucoup changé. Ce n'était plus le gamin insolent que j'avais vu grandir chez les Boyleston. Il avait pris une certaine dimension, une façon d'être désinvolte qui, dans notre monde guindé, pouvait faire illusion. Mais, très vite, j'ai compris que derrière cette façade agréable, l'homme pouvait être dangereux. Et donc je vais répondre à la question que vous ne m'avez pas posée : non, sir Malcolm, je n'ai jamais couché avec lui.

Elle éclata de rire à voir la mine gênée de sir Ivory. Son rire se répercuta sous les voûtes, faisant lever la tête de quelques fidèles disséminés dans le sanctuaire. Sir Ivory reprit aussitôt :

– Je ne pensais pas... Mais il est vrai que les êtres humains sont si inattendus !

– Vous, le premier !

Elle lui tenait tête avec brio. Il le reconnut volontiers.

– Faisons la paix, voulez-vous ?

– Alors, sortons de ce lieu. Il y a bien un salon de thé par ici. Vous pourrez m'offrir un chocolat au lait !

Ils s'amusèrent de cette réplique, sortirent de la cathédrale et se rendirent chez Bremington, au 32 Aldergate Street, la pâtisserie où les familles huppées viennent acheter leurs gâteaux à la sortie des offices du dimanche.

– C'est la première fois que j'y viens ! Je trouve ça d'un conventionnel ! fit Jane Nelson.

– Vous me paraissez, en effet, une femme très moderne, très libérée, comme on dit chez les Travaillistes. Comment avez-vous fait pour vous marier avec sir Henry ?

La glace étant rompue, il pouvait se permettre d'aborder toutes les questions et il le sentait.

– Oh, il n'a pas toujours été ainsi ! Lorsque nous nous sommes mariés, il était dans la joaillerie, et puis ses affaires ont mal tourné. Que voulez-vous, il a le génie des placements désastreux et de l'entêtement ! Alors mon père lui a proposé d'entrer dans sa société d'importation. Ma dot était constituée, en particulier, d'actions de cette entreprise qui lui ont permis d'en devenir administrateur.

– Et, dernièrement, ayant fait à nouveau de mauvais placements…

– Ah, vous savez ça ! Mon père a exigé que l'argent de la société qui avait servi à ces malheureuses transactions lui soit remboursé.

– Sir Henry a alors emprunté 500 000 livres à lord Boyleston. La police a de longues oreilles, vous savez…

– Je vois. En revanche, ce que je ne comprends pas, c'est le rapport qui pourrait bien exister entre cette histoire ridicule et le meurtre de Jack…

– Moi non plus, à dire vrai. Mais il faut tout explorer, tout remuer. La vérité sort toujours d'un magma d'événements disparates.

Ils commandèrent deux darjeeling accompagnés de *muffins*.

– Après tout, reprit sir Ivory, le mariage entre Bettie et William arrangera bien des choses…

– William est très épris de Bettie. C'est peut-être une chance. Il est sérieux, généreux…

– Il tient de sa mère.

– Oh, pas du tout ! Lady Elisabeth sous ses côtés humbles et bons est, en fait, une hypocrite redoutable.

– Voilà qui m'étonne !

– Vous ne la connaissez pas comme je la connais. C'est une enjôleuse, mais pour les coups bas elle ne craint personne ! Tenez, un exemple : il y a quelques années, nous faisions partie d'un même club de fleuret. Elle s'ingéniait toujours à s'inscrire sur la liste de compétiteurs la plus favorable. Ainsi était-elle quasi certaine de l'emporter. Mais s'il lui arrivait de perdre, alors je peux vous dire que la gagnante avait intérêt à se méfier !

– Que pouvait-elle bien lui faire ?

– Oh, de ces vilenies que l'on peut se faire entre femmes...

– Mais encore ?

– Lancer une rumeur, par exemple... Lady Elisabeth est capable de perfidie. Mais je suis sûre que vous avez du mal à me croire, tant elle joue les saintes avec une suprême habileté.

– Et lord Boyleston, comment le jugez-vous ?

– Un rhinocéros ! Rien ne peut l'arrêter. Ce qu'il veut, il l'obtient toujours.

– Il est l'un des soutiens de la morale anglaise !

– Cela fait partie de ses outils. Mais je le respecte. C'est une force de la nature, en quelque sorte...

– Avec les femmes, aussi ?

– Il paraît.

– J'aime bien votre façon décapante d'envisager les choses et les gens.

– Cela dit, je compatis à ce qui arrive à lord Arnold. Vous avez lu les journaux. Ils sont impitoyables. Ce soir, nous nous rendons chez les Boyleston, mon mari et moi, afin de les assurer de notre fidèle amitié. C'est bien le moins que nous puissions faire...

– En effet.

Sir Ivory la regardait avec un intense intérêt. Sous son parler franc, ne dissimulait-elle pas des intentions perfides ? Sa façon de décrire lady Elisabeth, de glisser que la tante de Jack savait manier le fleuret, était suspecte mais révélait peut-être un fond de vérité qu'il ne faudrait pas négliger.

– Savez-vous où était sir Henry, le soir du crime ?

– Il devait classer sa collection de timbres, comme d'habitude...

– Vous n'en êtes pas certaine, à ce que j'entends.

– Je me suis couchée avec un bon livre dès 9 heures. Comme nous faisons chambre à part, je ne peux évidemment vous certifier l'heure où il s'arracha à sa manie et alla se coucher.

– S'il était sorti, l'auriez-vous entendu ?

– Non. Ma chambre est à l'opposé de la sienne et du vestibule. Il habite dans la partie Nelson de l'appartement et moi dans la partie Thompson. Mon père et Bettie habitent évidemment du même côté que moi.

– Cette séparation est curieuse…

– En vérité, tout l'appartement appartient à mon père mais, à notre mariage, il nous en a cédé une partie. C'est cette partie que nous appelons la partie Nelson. Et puis, peu à peu, ma fille et moi sommes revenues dans la partie Thompson. Expliquez cela comme vous voudrez, c'est un fait.

– Avez-vous conservé chez vous des robes ou des costumes de votre grand-père, le couturier ?

– Tout a été offert par mon père au département spécialisé du Victoria and Albert Museum.

– N'en resterait-il pas une robe, un habit ?

– Vous devriez interroger mon père à ce sujet. Je ne fouille pas dans ses armoires. Mais pourquoi ces questions ?

– Oh, j'en aurais beaucoup d'autres à vous poser ! Par exemple : aimez-vous la chasse ?

– À cause de mon habillement ? Non. Je trouve le costume seyant, mais je n'ai peut-être touché une carabine que deux ou trois fois dans ma vie.

– Comment sir Henry va-t-il rembourser ce qu'il doit à lord Arnold ?

Le petit doigt levé, elle acheva lentement le contenu de sa tasse, puis elle dit :

– Il ne le pourra pas.

– Que se passera-t-il ?

– Il rendra ma dot à mon père et n'aura plus aucune action chez Thompson.

– Si je comprends bien, cette dot était la garantie du prêt devant notaire.

– Vous devinez tout. Mais encore une fois...

– Je sais. Cela n'a sans doute aucun rapport avec le meurtre de Jack. Mais admettons que le mariage de Bettie et de William efface purement et simplement la dette... Sir Arnold peut se le permettre.

– Et pourquoi le ferait-il ? C'est un homme d'affaires redoutable.

– Parce qu'il serait fier que son fils épouse la descendante de l'amiral Nelson, aristocrate deux fois titré de surcroît.

Jane hocha la tête.

– Peut-être... Oui, pourquoi pas, en effet ?

– Mais, dans ce cas, expliquez-moi pourquoi ce mariage ne s'est pas fait plus tôt ? Plus de deux ans de fiançailles !

– Bettie avait dix-sept ans. D'autre part, William n'était pas encore à la tête de la *Financial Company*. Il fallait que les choses mûrissent. Et puis il y a eu l'épisode grotesque de cette petite dinde avec Jack... Maintenant, le temps est venu. J'en parlerai ce soir à la réunion que nous allons avoir chez les Boyleston. Nous devons fixer une date.

– Eh bien, bravo ! Je vous remercie d'avoir accepté de répondre à mes questions.

– N'y en a-t-il pas d'autres ?

– Ce sera pour une autre fois. Ainsi aurai-je le plaisir de vous revoir.

À présent, elle était conquise par le charme de sir Malcolm. Elle lui pardonnait volontiers toutes ces questions dont beaucoup l'avaient embarrassée, mais n'était-ce pas son devoir d'agir ainsi ? Ils se séparèrent et, tandis que le taxi le menait à Scotland Yard, sir Ivory se demandait ce qui chez cette femme l'attirait. Sans doute portait-elle ses cinquante ans avec aisance, mais c'était le lot de beaucoup de femmes depuis la guerre. Elle était plus intelligente que réellement belle, mais sa façon de bouger, de parler recélait un charme discrètement sensuel que les hommes devaient ressentir. Oui, c'était cela : Jane n'avait pas l'étoffe d'une épouse mais d'une maîtresse.

Au Yard, on lui apprit que le superintendant l'attendait dans son bureau afin de procéder à l'interrogatoire du sieur Cyril Curtney qui, arrivé d'Inverness dans la matinée, demandait tous les quarts d'heure pour quelle raison on ne le recevait pas aussitôt. C'était un homme d'allure athlétique, vêtu d'un costume strict et d'un pardessus en shetland à la dernière mode. Il devait avoir une trentaine d'années et tenait une serviette en cuir à la main. Il était l'image parfaite du jeune cadre aux dents longues.

– Asseyez-vous, dit Forbes de son ton des mauvais jours. Nous avons désiré vous interroger sur votre amitié avec Jack Boyleston et sur les relations industrielles que vous avez entretenues avec lui. Depuis quand le connaissez-vous ?

– Nous nous étions engagés l'un et l'autre dans l'armée. Moi, j'avais fait l'école textile de Manchester. Lui venait d'Eton, je crois. Nous avons sympathisé et, par la suite, c'est grâce à lui que je suis entré aux Filatures Boyleston en tant que stagiaire. Comme je donnais satisfaction, je fus engagé en tant que second de l'acheteur des matières premières. Depuis deux ans, à la mise à la retraite de mon prédécesseur, j'ai pris normalement sa place.

– Il semble, dit le superintendant, que la

totalité de l'approvisionnement de vos stocks de laine venait des Établissements Caldwin and Sotter par l'intermédiaire de Jack Boyleston…

– En effet.

– Est-ce normal ?

– La qualité des laines que nous achetons à cette firme répond parfaitement à nos besoins. Pourquoi aller ailleurs ?

– Pour obtenir de meilleurs prix, non ?

– Nous obtenons d'excellents prix par rapport au marché. C'est d'ailleurs l'intérêt d'avoir un seul fournisseur. Vous ignorez peut-être que le cours de la laine est coté en bourse. Il ne peut guère y avoir de marge de plus de 2 % entre la cotation officielle et le montant du contrat.

– Trouvez-vous normal que Jack Boyleston ait touché des commissions sur des achats réalisés chez son oncle ?

– Ah, je commence à comprendre… C'est lord Boyleston ou son fils qui se sont plaints ! Mais, entre nous, si Jack n'avait pas touché ces commissions, c'est un autre qui les aurait perçues ! Quelle différence pour les filatures, je vous le demande ? Et puis, je vais vous dire : les Boyleston n'étaient pas loyaux avec Jack. Ils ne l'avaient fait entrer dans aucune de leurs entreprises. Il était leur neveu et cousin, tout de même !

Sir Ivory se taisait. Il était intéressant d'analyser comment cet homme avait perçu celui qu'il considérait comme son ami. Forbes reprit :

– Et vous, naturellement, vous trouviez normal que Jack rétribue vos bons services…

– Comment cela ?

– Ne partagiez-vous pas les commissions ?

Curtney se leva d'un bond.

– Qui vous a dit une chose pareille ?

– Asseyez-vous, je vous prie. Nous sommes en train d'éplucher les comptes de votre ami. Mais d'ores et déjà, voyez ce que nous trouvons ici…

Forbes sortit un relevé de banque d'un dossier et poursuivit :

– 12 mai : 27 750 livres à l'ordre de Cyril Curtney. 24 juin : 43 000 livres à l'ordre du même Cyril Curtney. À quel endroit ? À la Banque de Genève, en Suisse. Voulez-vous que je continue ?

L'homme s'effondra plus qu'il ne s'assit. Puis il dit entre ses dents :

– L'imbécile…

– Eh oui, ce n'était pas très discret. Mais,

dites-moi, il fallait bien qu'il ait des références officielles pour justifier ses décotes sur sa déclaration d'impôts… Et maintenant, puisque nous sommes sur la voie des confidences, vous allez nous dire ce que vous faisiez à Londres durant la nuit où votre cher ami Jack a été tué, M. Curtney.

Chapitre 15

Le visage de Cyril Curtney était livide. Son assurance avait disparu. Il balbutia :

– Oui, j'étais à Londres, ce soir-là. Jack m'avait donné rendez-vous.

Le superintendant, sûr de son fait, pontifiait derrière son bureau. Sir Ivory avait compris qu'il tenait en main des cartes dont il s'était bien gardé de lui parler.

– Et quelle était la raison de ce rendez-vous ?

– Je l'ignore. Il m'a téléphoné la veille en me priant de le rencontrer.

– Pour affaires ?

– Je le suppose.

– Vous le supposez... À quel endroit a eu lieu ce rendez-vous ?

– Il n'a pas eu lieu. Je veux dire : j'étais au rendez-vous, mais Jack n'est pas venu.

– Où était-ce ?

– Dans un pub à la mode qui s'appelle « Prospect of Whitby ».

– À quelle heure ?

– Onze heures du soir.

– N'est-ce pas une curieuse heure pour parler affaires ?

– Jack n'avait pas d'heure...

– Et vous prétendez qu'il n'est pas venu.

– Hélas, je sais aujourd'hui pourquoi.

– Et vous ne savez toujours pas pour quelle raison il tenait à vous rencontrer ?

– Je vous l'ai dit.

Douglas Forbes ouvrit à nouveau son dossier et en retira une nouvelle feuille qu'il brandit en un geste triomphal.

– Eh bien, moi, je vais vous le dire, M. Curtney ! Sur cet autre relevé de comptes, je note que Jack Boyleston a reçu en juillet, août, septembre, octobre et novembre des commissions importantes de Caldwin and Sotter mais que, contrairement aux mois précédents, aucune sortie en direction de la Banque de Genève n'a été comptabilisée. Autrement dit : sur ces cinq mois, il ne vous a versé aucune commission.

– Parce que nous n'avions rien acheté à Caldwin and Sotter ces cinq mois-là, tout simplement !

– Non, non. Il est bien marqué ici : « commissions dues sur Filatures Boyleston ». Et donc, M. Curtney, ce n'est pas Jack qui vous a prié de venir à Londres. C'est vous qui êtes descendu d'Inverness pour lui demander des comptes.

– Vous vous trompez ! C'est Jack qui m'a donné rendez-vous à ce pub que je ne connaissais pas.

– Vous vous êtes disputés. Il ne voulait pas vous régler votre dû. Vous êtes sortis et là, un peu plus loin, sur la berge de la Tamise, vous l'avez assassiné.

Cyril Curtney remua la tête en signe de dénégation, puis il dit d'un ton las :

– Je vais vous raconter ce qui s'est passé. Vous l'auriez appris de toute manière. Ce n'est pas Jack qui m'a demandé de venir à Londres. C'est William Boyleston. Il avait appris que Jack et moi avions monté cette… cette opération. Je l'ai donc rencontré dans les bureaux de la *Financial Company*. Il m'a sermonné et m'a renvoyé, ajoutant que des poursuites judiciaires allaient être lancées contre Jack et contre moi pour abus de confiance et détournement de fonds. En sortant, j'ai essayé de contacter Jack au téléphone. Il n'était ni chez Caldwin and Sotter ni à son appartement. Je connaissais une fille qu'il m'avait naguère présentée. Je me suis rendu chez elle. C'est elle qui m'a indiqué l'adresse du pub « Prospect of Whitby » où, à son avis, j'avais quelque chance de le retrouver. J'y suis allé et, comme je vous l'ai dit, j'ai attendu en vain. Je vous le jure : je ne l'ai pas rencontré ce soir-là.

Le superintendant demeura silencieux durant un instant, rangea avec précaution le relevé de banque dans le dossier et appela le lieutenant Findley au téléphone intérieur. Son bureau étant voisin, ce dernier arriva presque aussitôt.

– Cyril Curtney, selon les termes de la loi, je vous notifie votre arrestation. Tout ce que vous direz désormais pourra être retenu contre vous. Vous pouvez vous faire assister d'un avocat. Lieutenant, veuillez prendre la déposition de M. Curtney.

– Vous vous trompez, superintendant, jeta l'homme en sortant. Peut-être le fait de recevoir des commissions en Suisse est-il un délit fiscal, mais je n'ai rien à voir ni de près ni de loin avec la mort de Jack Boyleston !

– Alors ? demanda Forbes d'un air avantageux à Sir Ivory lorsqu'ils se retrouvèrent seuls.

– Douglas, je vous félicite. Ce fut un interrogatoire rondement mené. Mais le croyez-vous réellement coupable ?

– Bah, je n'en sais trop rien. Et vous, qu'en pensez-vous ?

– N'oublions pas qu'il y a eu deux crimes. Je n'imagine pas ce garçon revenir d'Inverness pour tuer le clochard. Aurait-il eu l'idée de se vêtir en habit avec un gilet aux boutons de nacre pour venir occire ce malheureux ? N'avait-il pas suffisamment de problèmes avec son renvoi des Établissements Boyleston et la promesse de poursuites judiciaires que lui avait annoncée William ? Non, ce n'est pas lui le meurtrier, mais ce que vous avez découvert, Douglas, est d'un très grand intérêt. Les Boyleston avaient appris que Jack les grugeait, ce qui éclaire la scène brutale que Ballister nous a rapportée.

– Jack se retrouvait d'un coup sans ressources, et menacé d'être traîné devant la justice.

– Oh, pour le procès, j'en suis moins certain ! Lord Boyleston n'eût pas aimé ce genre de publicité.

Sur ces paroles, sir Ivory prit congé. Il avait besoin de s'éloigner un peu de cette affaire qui, décidément, ne ressemblait à aucune autre. Tous les éléments du puzzle s'agitaient dans sa tête sans trouver leur place : la canne-épée, le bouton de nacre, le nombre 59874, le casier de consigne 230 de Fortnum and Mason's, le peigne en plastique, les 2000 livres en billets, Bob Rob l'ancien marin, lord Boyleston (un rhinocéros, avait dit Jane), les yeux bleus de lady Elisabeth, sir Nelson et son salon encombré, Bettie, la fiancée de William, qui avait succombé au charme trouble de Jack, le couturier Thompson, Ballister en pardessus crasseux, le bar « Le Rendez-vous », le pub « Prospect of Withby », et ce prénom entendu dans le brouillard : Jane... Était-il question de Jane Nelson ?

Sir Malcolm se fit conduire à la British Library. Lorsqu'il avait besoin de s'aérer les méninges, selon son expression, il se replongeait dans les livres. L'antiquaire Lonsdale avait raison. C'était dans le temple londonien de la culture universelle qu'il trouverait un exemplaire complet du *Château des Trente*. Grâce à sa carte de membre des Scriveners, il avait accès à toutes les salles, y compris les plus fermées au public. Il se rendit au fichier central et commença à rechercher le nom de Horace Wallace qu'il trouva sans difficulté.

Soudain, il s'arrêta, vérifia à nouveau la cote de l'ouvrage : CLW 36881, soit CL pour « classique », W comme Wallace, et le numéro de la nomenclature. Le nombre inscrit à la main sur le carton découvert dans l'une des poches de Jack Boyleston ne correspondrait-il pas à la cote d'un ouvrage ? Fébrilement, sir Ivory se rendit auprès des fichiers de classement numérique. Il existait un CLT 59874, un PG 59874 et un M 59874. Le premier correspondait à un ouvrage en français, *Lettres écrites de la campagne* d'un certain Jean-Robert Tronchin. Le deuxième, *Ad Autolycum*, était signé Théophile d'Antioche et appartenait aux études paléochrétiennes. Le troisième était un petit ouvrage en vers d'un inconnu contemporain, John Gascayn, dont le titre se voulait pédant : *Modern Shakespearian Poems*.

Sir Ivory eut beau feuilleter ces ouvrages pendant près de deux heures, il ne vit pas comment l'un d'eux pouvait s'intégrer dans le puzzle. Il finit par y renoncer et, après avoir rendu les livres, il allait s'occuper du *Château des Trente* lorsqu'une nouvelle idée lui vint. Et si la cote était plutôt la référence d'un manuscrit ? Il se rendit donc au fichier de classement numérique des manuscrits conservés à la British Library. Il existait bien un MS 59874 correspondant à *The History of England* que Jane Austen avait écrit lorsqu'elle avait quinze ans, avec des illustrations en couleurs de sa sœur Cassandra.

Sir Ivory avait souvent songé à cette fille de pasteur de la fin du dix-huitième siècle qui avait écrit et publié anonymement des romans d'une qualité psychologique si précise que les sociologues pouvaient se servir de ses ouvrages pour mieux comprendre la petite-bourgeoisie de l'époque. Comme tous les Scriveners, il aurait donné une partie de sa bibliothèque pour posséder un manuscrit comme celui de cette naïve mais déjà prometteuse *Histoire d'Angleterre*. Peut-être lui aurait-il préféré les *Aventures d'Alice* écrites et illustrées de la main de Lewis Carroll pour la petite Alice Liddell, mais le portrait de Jane Austen avec son délicat visage ovale sous un bonnet à dentelles, et son regard pénétrant, le fascinait depuis des années. Cela énoncé, quel rapport pouvait-il exister entre ce document et Jack, qui sans doute n'avait guère eu l'occasion de s'intéresser à *Orgueil et préjugés* ou à *Emma* ?

Sir Malcolm demanda l'exemplaire du *Château des Trente* et, en l'attendant, se promena dans le déambulatoire où des expositions sont organisées périodiquement. Il admira des manuscrits et des tirages originaux de William Thackeray, puis se rendit devant le panneau où, traditionnellement, chaque mois, est exposé le manuscrit choisi par le conservateur en chef pour illustrer une période de l'histoire anglaise. Il s'agissait de la lettre de Winston Churchill à Sa Majesté le roi, demandant à ce dernier de quitter Londres durant les bombardements allemands, et la réponse manuscrite du monarque : « Je resterai au cœur du danger avec mon peuple. »

Lorsqu'il revint à sa place de lecture, sir Ivory trouva l'exemplaire qu'il avait demandé. Était-ce une provocation du sort ? La page 32, là non plus, n'était pas imprimée. Cette page béante semblait narguer d'autant plus le lecteur que le récit en était à un moment particulièrement important. Page 31, il était écrit : « Ce fut à ce moment que la révélation toucha le chevalier. Il ouvrit la porte que des générations avaient interdite. Il pénétra dans le sanctuaire et ce qu'il vit… » Que vit-il ? Rien dans la page 33 ni dans les pages suivantes ne permettait de savoir de quoi il était question. Aussi sir Malcolm referma-t-il le livre avec rage et le rendit-il au préposé qui s'étonna de la rapidité de sa consultation et, plus encore, de sa réplique :

– Ah, mon ami, les collectionneurs sont des gens bien malheureux…

Dehors, le soleil avait fui. C'était toujours l'hiver. La nuit tombait déjà. Sir Ivory regagna Soho, alla dîner tôt au Red Tiger Palace et rentra, mélancolique, à son appartement de Wardour Street. Il alluma le feu de bois dans la cheminée, alla se choisir un Bunnahabhain de l'île d'Islay et vint s'asseoir, le verre à la main, dans son rocking-chair, en regardant les flammes. Ce spectacle mit peu à peu du baume sur son amertume. Il comprendrait. Un jour prochain, il comprendrait qui avait enfoncé la lame de la canne-épée dans la poitrine de Jack avec une précision qui demandait de l'expérience et du sang-froid. La douce tiédeur de l'endroit l'envahit. Il acheva lentement le whisky dont la rondeur légèrement opiacée lui rappelait l'odeur des genêts après la pluie. Il s'endormit.

La sonnerie du téléphone l'éveilla en sursaut. C'était Douglas Forbes qui criait dans l'appareil.

– Sir, un nouveau malheur !

– Quoi donc, je vous prie ?

– Je viens d'avoir un appel de William Boyleston. Jane Nelson est morte chez lui, il y a quelques instants. Et d'après lui, elle aurait été assassinée !

Chapitre 16

Une voiture de police attendait sir Ivory au bas de son immeuble et l'emmena à grande vitesse au 67 St James's Street. Devant le porche, il retrouva le superintendant Forbes, le lieutenant Findley et le docteur Gardner. Ce fut William lui-même qui leur ouvrit et les pria d'entrer.

Le salon ressemblait à un décor de théâtre dans lequel des personnages blafards se tenaient immobiles. Tous étaient prostrés. Jane Nelson était étendue sur le canapé recouvert de soie verte. Un de ses bras pendait. Son visage était crispé dans une grimace de douloureuse agonie. Une légère mousse était visible sur ses lèvres.

Personne ne rompit le silence tandis que les policiers entraient et que le docteur Gardner se penchait au-dessus de la morte. Sir Malcolm considéra les protagonistes l'un après l'autre. Lady Elisabeth semblait absente et jouait machinalement avec un petit sac en étoffe qu'elle tenait sur ses genoux. Lord Boyleston avait le dos courbé et s'était pris la tête entre les mains. Sir Henry Nelson paraissait frappé de paralysie, le buste raidi sur son siège, le regard fixe. Un vieil homme au beau visage ridé et orné de favoris blancs, qui devait être sir Thompson, le père de Jane, laissait un filet de larmes couler lentement jusqu'à son menton sans qu'il songeât à l'essuyer. Quant à Bettie Nelson, elle était recroquevillée dans son fauteuil et tremblait de peur, de nervosité ou de froid.

Gardner se releva et, s'approchant de la table de marbre centrale sur laquelle se trouvaient des verres à liqueur, les inspecta un à un.

– Voilà le verre de la victime, dit-il enfin. L'odeur du cyanure est perceptible. Cela ne fait aucun doute : cette personne a été empoisonnée à l'acide prussique.

– Je l'ai tout de suite compris, fit William. Jane venait de boire une gorgée de sherry. Elle a dit : « Il a un drôle de goût », puis aussitôt, elle s'est levée, m'a demandé les toilettes mais elle avait à peine fait deux pas vers la porte qu'elle s'est courbée en deux. Elle a tenté de se retenir à ce fauteuil. Puis elle a poussé un cri terrible et s'est effondrée.

– Elle avait tout de même eu le temps de reposer son verre, constata Forbes.

– Non, répondit William. C'est moi qui le lui ai ôté des mains lorsqu'elle s'est avancée vers la porte.

– Eh bien, madame, mademoiselle et messieurs, reprit le superintendant, vous comprendrez que dans ces circonstances nous devions prendre les mesures réglementaires qui s'imposent…

Sir Ivory s'attendait à voir lord Arnold se lever pour protester. Il n'en fit rien tant son accablement était grand.

– Lieutenant Findley, veuillez bien fouiller ce salon et toutes les personnes présentes. *My lord*, si vous le permettez, il me faut vous poser quelques questions.

– Pas maintenant, je vous prie.

William s'avança :

– Superintendant, je répondrai à toutes vos

questions. Mon père est très bouleversé, vous le voyez bien…

– M. William Boyleston, quel était le but de cette réunion ?

– Amical. La famille Nelson venait nous présenter ses condoléances à la suite du décès de mon cousin Jack.

– Quelqu'un est-il sorti de cette pièce après que vous avez porté la victime sur le canapé ?

– À part moi, personne. Étant donné les circonstances, j'ai proposé que nous demeurions tous ensemble dans ce salon. Naturellement j'ai dû téléphoner du bureau de mon père et ensuite vous ouvrir la porte.

Findley, après avoir fouillé sir Henry et sir Thompson, vint vers lady Elisabeth.

– Madame, me permettez-vous de regarder dans le sac que vous tenez à la main ?

– Comment ? Ah oui… Je vous en prie.

Findley prit le sac, l'ouvrit, en sortit un petit flacon vide dont il dévissa le bouchon et qu'il porta à ses narines. Puis il le tendit au docteur Gardner qui le sentit à son tour.

– En effet… Ce flacon a contenu du cyanure.

À cet instant, tout changea. Lord Arnold s'approcha vivement de son épouse et s'écria :

– Mais c'est impossible !

William vint à son tour auprès de sa mère et lui demanda :

– Mère, expliquez-vous...

Lady Elisabeth, les joues colorées par l'émotion, balbutia :

– Mais je ne sais pas... Je ne comprends pas... Ce flacon ne m'appartient pas.

Sir Ivory prit la parole :

– *My lady*, avez-vous gardé ce petit sac entre vos mains durant toute la soirée ?

– Oui, non, peut-être... Attendez. Je crois qu'au moment où Gasper, notre domestique, est venue apporter le plateau des liqueurs... J'ai cru qu'elle allait renverser la bouteille de sherry. Je me suis levée pour venir vers elle. À ce moment j'ai dû laisser mon sac sur le fauteuil.

– Où étaient assises les autres personnes à ce moment-là ?

– Oh, elles n'étaient pas toutes assises... Certaines étaient debout et parlaient entre elles.

– C'est exact, confirma William. Je me souviens très bien qu'au moment où Gasper est entrée avec les verres à liqueur, nous étions plusieurs à parler debout.

– *My lady*, êtes-vous ensuite revenue vous asseoir immédiatement ?

– Non. Je me suis rendue aux cuisines. Gasper avait oublié d'apporter les gâteaux.

– Et vous êtes restée absente longtemps ?

– Cinq minutes, peut-être…

– Et à ce moment-là votre sac se trouvait toujours sur le fauteuil ?

– Je le crois. Mais pourquoi me demandez-vous ça ?

Douglas Forbes interrompit sir Ivory au moment où il allait poser une nouvelle question.

– Mesdames, messieurs, nous allons devoir emporter le corps à l'Institut médico-légal. Si vous souhaitez vous recueillir quelques instants…

Sir Thompson éclata en sanglots. Bettie, le visage défait, les yeux hagards, ne put retenir ses larmes et vint embrasser sa mère sur le front. Lord Arnold se détourna pour qu'on ne vît pas son émotion. Sir Henry demanda si l'on ne pouvait soustraire le corps à l'autopsie. Ils étaient sous le choc de l'événement qui leur semblait improbable. Pourtant, l'un d'entre eux avait versé subrepticement le poison dans le verre de Jane.

Le superintendant leur demanda à tous de quitter le salon et de se rassembler dans la pièce voisine pendant que le photographe réaliserait ses clichés, que des empreintes seraient relevées et que l'on emporterait la victime. Findley et lui dirigeraient ces opérations. On passa donc dans un autre salon, aussi lugubre que le précédent. Ce fut là que sir Ivory reprit le cours de ses questions.

– Quelqu'un se souvient-il du moment où l'on a servi le sherry ?

– Oui, dit William, c'est moi qui l'ai servi. Les verres étaient sur la table. Je les ai remplis et tendus à chacun.

– Tout le monde était-il encore debout ?

– Les dames s'étaient assises. Les hommes étaient debout.

– Votre mère était-elle revenue des cuisines ?

– Non, lady Elisabeth est arrivée avec les gâteaux un peu plus tard, déclara sir Thompson.

– Donc, elle n'a pas pu s'approcher du verre de Mme Jane Nelson pour y verser quoi que ce soit, constata sir Ivory.

– Attendez... fit brusquement lord Arnold. Ce n'est pas à ce moment-là que l'on a versé le poison. Rappelez-vous : Jane s'est levée peu de temps après avoir reçu son verre des mains de William. Elle l'a posé à côté de son sac à main sur le petit guéridon qui se trouvait à côté de son fauteuil et elle est sortie.

– En effet, dit Bettie. Je voulais aller aider lady Elisabeth aux cuisines. Ma mère s'est levée et m'a dit : « Non, j'y vais. »

– Qui pouvait approcher de ce guéridon sans se faire remarquer durant les quelques minutes où Mme Jane s'est absentée ? demanda sir Ivory.

– Tout le monde, répondit William. Ou, du moins, les hommes, puisqu'ils étaient encore debout. Nous avons attendu le retour de Mère pour nous asseoir.

– Et ensuite comment les événements se sont-ils déroulés ?

– Mère est revenue avec Jane. C'est Jane qui portait le plateau à gâteaux. Elle l'a déposé sur la table de marbre, puis elle est venue s'asseoir à sa place.

– Et vous, *my lady*, qu'avez-vous fait ?

– Je suis venue m'asseoir à ma place, moi aussi. C'est sans doute à ce moment-là que j'ai repris mon petit sac.

– À quoi vous sert-il ?

– Mon petit sac ? J'y mets mon mouchoir.

– Oui, dit William, c'est son habitude.

– Eh bien, reprit sir Malcolm, je crois pouvoir vous dire comment les choses se sont passées. En tout cas, ce n'est pas au moment où le verre était sur le guéridon que le poison a été versé. L'auteur de ce crime n'avait pas le temps de le faire, puis de prendre le sac et de déposer dedans le flacon à l'insu de tous. Vous l'auriez vu agir.

Il se leva, retourna dans le premier salon et revint avec un sac à main. C'était celui de Jane. Il l'ouvrit et en sortit un flacon stilligoutte pour médicament dont il flaira le contenu. Puis, se tournant vers sir Henry, il lui demanda :

– Savez-vous ce que c'est ?

– Jane prenait quelques gouttes de ce produit avant les repas.

– Et elle le mélangeait avec une boisson, ajouta Bettie. Mais vous avez raison, sir Malcolm ! Tout à l'heure, c'est ce qu'elle a fait. Lorsqu'elle est revenue des cuisines et qu'elle a repris le verre qu'elle avait laissé sur ce guéridon, j'ai vu qu'elle y versait quelques gouttes. Mon père venait de lui rappeler qu'elle avait oublié de les prendre...

– Est-ce exact, sir Henry ?

– Elle prenait ces gouttes contre la nervosité.

– Or, fit sir Ivory, si vous sentez l'odeur du stilligoutte que je tiens entre les mains, vous constaterez que, lui aussi, sent l'acide prussique. Autrement dit, c'est Mme Nelson elle-même qui a versé le poison dans le sherry.

Le silence qui suivit cette assertion ne fut troublé que par les pleurs de Bettie qui soudain ne parvenait plus à garder son calme.

– Mais, fit William, je ne comprends pas, et le flacon découvert dans le sac de Mère ?

– Il avait été préparé tout exprès. Il suffisait de le remplir de cyanure puis de le vider pour qu'il soit imprégné de cette odeur. Dès lors, le criminel pouvait le placer dans le sac de lady Elisabeth à n'importe quel moment de la soirée. Je pense qu'il l'a fait peu de temps après le début de la réunion. Tout était calculé, voyez-vous...

Lord Arnold sortit de sa torpeur :

– Mais qui pouvait bien vouloir la mort de Jane ? C'est absurde !

Il était visiblement sonné, semblable à un boxeur titubant sur le ring.

– Tout cela est bien imaginé, fit sir Henry,

mais comment le criminel aurait-il pu verser le poison dans le stilligoutte de mon épouse ?

– Combien de fois par jour prenait-elle ces gouttes ?

– Avant chaque repas.

– Donc, le criminel a pu remplacer le médicament par le cyanure à n'importe quel moment dans l'après-midi. Mais, dites-moi, comment se fait-il que votre épouse n'ait pas pris ses gouttes avant le dîner de ce soir ?

– Elle ne retrouvait plus le flacon, dit Bettie.

– Et elle l'a retrouvé avant de se rendre ici, n'est-ce pas ?

– C'est exact, fit la jeune fille. Juste au moment du départ. Elle a donc décidé de prendre ses gouttes chez les Boyleston.

– Confirmez-vous tout cela, sir Henry ?

– Je n'y ai pas prêté très attention, mais oui, c'est ainsi que les choses ont dû se passer.

– Et vous, sir Thompson ?

– Je n'ai rejoint Jane, Bettie et mon gendre qu'au moment où nous quittions la maison. J'avais été retenu par un coup de téléphone et je craignais de les faire attendre.

À ce moment, lord Boyleston se leva et dit à sir Ivory :

– Sir, pouvez-vous m'accorder un instant en tête à tête ?

– Volontiers, *my lord*.

Le vieux lutteur reprenait contenance peu à peu. Il soupira et confia à mi-voix :

– Allons dans mon bureau, je vous prie. J'ai une révélation importante à vous faire.

Chapitre 17

Sir Malcolm suivit le lord. C'étaient de ces bureaux sévères aux meubles en acajou, qui ressemblent à des études de notaire de l'ancien temps. Tout dans cette demeure était triste et rigide, comme vieillot, alors que le moindre objet avait dû coûter cher, mais aucun n'avait été acheté par goût, plutôt par principe, pour témoigner de la puissance et de la rigueur de son propriétaire.

Lord Arnold s'assit pesamment dans le fauteuil pivotant à haut dossier de cuir qui trônait derrière le bureau massif où des piles de dossiers formaient un rempart d'où émergeait un buste de Thomas More. Au mur, un grand tableau du peintre de genre John Ritchie montrait une veillée campagnarde, des enfants assis autour d'un vieillard qui leur commentait quelque passage édifiant de la Bible.

Sir Ivory s'assit et attendit que le maître de céans veuille bien s'exprimer. Un grognement rompit le silence.

– J'ai connu de bien désagréables moments dans mon existence, sir Malcolm... Aucun ne me toucha autant que celui-ci. Voyez-vous, j'ai bravé beaucoup d'adversaires, mais je les voyais, je les connaissais. Là, je ne comprends pas. C'est comme si je me battais contre une force sournoise et invisible. Quelqu'un me veut du mal ! Quelqu'un veut m'abattre ! Tous les coups sont permis ! Il ne recule devant aucune ignominie ! Et je ne sais pas quel est son visage !

Il frappa de ses deux poings sur le bureau.

– Qu'il se montre ! Qu'il ose se montrer, ce lâche ! Je le défie ! Mais non... Il frappe dans l'ombre et à l'endroit qui fait le plus mal. Toutefois, qu'il le sache ! Jamais il ne pourra me vaincre !

Il se tut, passa une main sur son front en soupirant, puis il poursuivit :

– Pardonnez-moi. Il fallait que je laisse la bête se révolter. Sachez, en effet, que Jane et moi... Enfin, vous comprenez... Nous nous retrouvions dans un studio de Marble Arch. Mais avec honneur ! Jane est... était une femme d'une classe exceptionnelle. Rien de quelconque entre nous. On vient de la tuer pour tenter de me blesser. Et attention, sir Malcolm ! Que cela reste entre nous ! Les journaux sont à l'affût, prêts à piétiner ce qui a été de nobles sentiments.

Il délirait un peu. Sir Ivory le laissait parler, sachant qu'il en avait besoin. Même dans un tel moment, c'était à lui, toujours à lui qu'il pensait.

– Ah, je comprends... On veut empêcher que William se marie avec la fille de sir Henry ! On croit que cette mort va jeter une ombre sur cette union ! Mais, sir Malcolm, je vous le dis : ne serait-ce que par respect pour la mémoire de Jane, mon fils se mariera avec Bettie, la descendante de l'amiral Nelson, notre héros national ! D'ailleurs il l'aime, et même s'il ne l'aimait pas... Vous savez, sir Malcolm, lorsque je me suis marié avec lady Elisabeth, ce n'était pas un mariage d'amour. J'épousais une Marlborough. Le sang, le rang ! Lorsque l'on est lord héréditaire d'Angleterre, septième duc de Norfolk...

Vous comprenez cela parce que vous êtes de notre monde, mais que peut en comprendre un de ces pitoyables journalistes, un de ces Travaillistes toujours prêts à capituler ?

Il se leva et, à ce moment, sir Ivory comprit que l'homme avait recouvré tout son sang-froid.

– Vous allez trouver qui a fait ça. Il sera puni. Quel qu'il soit, il sera puni ! Je vous laisse. Il faut que je sois seul. Je vais gagner ma chambre.

Il sortit par la porte du fond que masquait une lourde tapisserie. Durant tout ce bref entretien il avait monologué. Que lui importaient sa femme, son fils qui étaient demeurés dans le deuxième salon ! Il y avait sa personne d'un côté et, de l'autre, le reste du monde. Ce reste n'avait d'autre intérêt que de servir ses principes, sa volonté, ses désirs. Un rhinocéros, avait dit Jane.

Chapitre 18

Le lendemain matin, le superintendant vint retrouver sir Ivory dans son appartement de Soho. Le temps était toujours aussi maussade bien que le brouillard se fût dissipé. Sir Malcolm le reçut dans une robe de chambre à ramages qui impressionna fortement Douglas Forbes.

– J'aurais dû faire arrêter lady Elisabeth !

– Mais non, mon ami... Vous imaginez le scandale ? Asseyez-vous. Je vous attendais. Nous allons prendre le petit déjeuner que je me suis fait préparer par Dodgson, le traiteur. Une charmante commissionnaire me l'a apporté il y a un instant.

Il souleva une serviette. Apparut un confortable *breakfast* avec pot de thé, pot de lait froid, toasts, beurre, œufs au plat au bacon et confitures de trois espèces, sans oublier le traditionnel verre de jus d'orange.

– Sir Malcolm, vous me gâtez ! Mais tout de même, pour lady Elisabeth...

– D'abord, elle n'est pas coupable. Ensuite, si nous voulons résoudre le meurtre du neveu Boyleston, il ne nous faut pas commettre de faux pas.

– Croyez-vous qu'il y aurait un rapport entre l'empoisonnement de Jane et la mort de Jack ?

– Cela me paraît vraisemblable. Servez-vous, je vous prie.

Forbes choisit un toast et entreprit de le beurrer tandis que sir Ivory versait le lait et le thé.

– Lord Boyleston était atterré, remarqua le superintendant.

– Plus que vous ne croyez ! Jane était sa maîtresse.

– Quoi ?

Le toast échappa aux doigts de Forbes et alla voltiger sur le tapis.

– Il me l'a avoué hier soir. Voyez comme c'est curieux. Elle, assez primesautière, lui d'une froide austérité. Ils se retrouvaient dans un studio qu'il avait acheté en secret, du côté de Marble Arch.

– J'en suis abasourdi. Comme le dit souvent Mme Forbes, mon épouse : « Rien n'est plus trompeur que l'eau qui dort. »

– Cela nous ouvre évidemment des horizons nouveaux. Voyons lesquels, voulez-vous ? Premièrement du côté de lord Arnold. Il a pu apprendre que Jack tournait autour de Jane de la même façon qu'il avait séduit Bettie. Déjà très irrité par les détournements d'argent de son neveu, il le convoque pour lui faire la morale. La dispute s'envenime. Il le tue avec l'une des cannes-épées de sa collection. N'oubliez pas le prénom entendu par le clochard.

– Mais lord Arnold avait déjà sermonné Jack et l'avait mis à la porte de ses établissements dans l'après-midi, comme nous l'a appris Ballister. C'est à ce moment-là que la dispute a eu lieu et c'est Jack qui le frappait. Vous voulez dire que lord Arnold aurait voulu se venger le soir même ? Je pensais plutôt que ce serait William qui aurait décidé de tuer Jack pour le punir d'avoir porté la main sur son père. N'en a-t-il pas proféré la menace ?

– C'est une autre hypothèse. En effet, Jack

ayant également séduit sa fiancée, la coupe était pleine. Mais revenons-en à lord Boyleston. Deux fois par semaine, il rencontre Jane Nelson dans leur nid douillet. Jack l'apprend et menace lord Boyleston de tout révéler à lady Elisabeth et à sir Henry, peut-être même à la presse. Il n'y a qu'un moyen de réduire le maître chanteur au silence : la mort.

– En effet. Mais cela n'explique pas l'empoisonnement de Jane.

– Voyons maintenant du côté des Nelson. Sir Henry a appris que Jack avait séduit sa fille et avait tenté de séduire sa femme. N'est-ce pas un bon motif pour rencontrer le suborneur et le prier d'arrêter ses manigances ? Là encore, dispute qui dégénère… Je vous rappelle que le beau-père de sir Nelson était un grand couturier. Il est vraisemblable que sir Thompson a conservé des habits de soirée auxquels sir Henry a sans doute facilement accès.

– Nous vérifierons. Une perquisition s'impose, non ?

– Naturellement. Reprenez du thé avec l'œuf. Quant à Jane, il ne me paraît pas impossible qu'elle ait également pu tuer Jack. Elle m'a avoué avoir tiré au fleuret avec lady Elisabeth.

Si Jack menaçait de révéler sa liaison avec lord Boyleston, elle avait les mêmes raisons que ce dernier de vouloir le faire taire.

– Certes ! Nous tournons en rond.

– D'autres éléments doivent entrer en ligne de compte. Et d'abord le mariage de Bettie et de William. Bettie n'aime pas William. Elle l'aime bien, sans plus, et accepte de s'allier aux Boyleston pour venir en aide à son père qui doit 500 000 livres à lord Arnold. Or, je vous ferai remarquer que cette dette est récente alors que les fiançailles ont commencé il y a deux ans. D'ailleurs, Jane étant la maîtresse du lord, elle était, à elle seule, capable de faire patienter le créancier…

– C'est, ma foi, vrai.

– Réfléchissons encore : William est réellement amoureux de Bettie. Les deux familles pressent la jeune fille de se fiancer. Lord Arnold serait satisfait de faire entrer une descendante de l'amiral Nelson dans sa famille. Lord Henry y voit une alliance d'argent et de pouvoir évidente. Adolescente comme elle l'est, Bettie veut bien, sans trop y croire, mais bientôt son cœur va vers Jack qui lui paraît plus aventureux, plus extraordinaire que William qu'elle trouve bien appliqué, bien sérieux. Les Boyleston et les Nelson s'effraient. Et si cette petite bécasse allait avoir un enfant de ce voyou ? Ils mettent tout en œuvre pour que cette dangereuse liaison cesse. Ce qu'ils ignorent, c'est que Jack est allé trop loin. Entre-temps Bettie a pris peur. Il a voulu la pervertir et elle l'a compris. Elle est déchirée mais elle rompt. Trop tard : les deux familles ont délégué l'un des leurs pour débarrasser la terre du suborneur.

– Vous croyez ?

– Ce n'est qu'une hypothèse et, de toute façon, cela ne nous éclaire pas sur celui qui, dans ce cas, aurait été choisi pour accomplir le meurtre.

– William, peut-être...

Le superintendant en était à son troisième toast tandis que sir Malcolm, tout à ses pensées, ne goûtait à rien.

– Il faut bien que l'empoisonnement d'hier soir ait un sens... Sir Henry aurait-il découvert que sa femme le trompait ? Il avait toutes possibilités de mettre le poison dans le flacon de médicament, de le cacher et de ne le lui rendre qu'au moment de leur départ chez les Boyleston. Ainsi, il était assuré qu'elle s'empoisonnerait elle-même sous les yeux de son amant. Bettie n'a-t-elle pas témoigné que c'est sir Henry qui a rappelé à Jane de prendre ses gouttes ?

– Cela se tient.

– Oui, mais nous savons que le couple Nelson n'existait pratiquement plus depuis longtemps. Ils faisaient chambre à part. Et ce n'est pas au moment où il avait besoin de lord Boyleston que sir Henry allait tuer celle qui pouvait influencer son créancier dans un sens favorable... Non, cela ne va pas. Et d'ailleurs, cela n'expliquerait pas l'assassinat de Jack.

– Oh, vous savez... Il y a des jaloux qui ne reculent devant rien. Sir Henry tue Jack parce qu'il a appris que sa fille et sa femme ont été courtisées par lui. Puis il tue Jane parce qu'il apprend qu'elle est la maîtresse de lord Arnold.

– Non, Douglas. On n'est pas jaloux à ce point d'une épouse que l'on n'aime plus. Je vais même plus loin : avec son esprit mercantile, sir Henry aurait été fier que sa femme ait une liaison avec lord Boyleston. D'ailleurs, écoutez-moi bien : qui nous dit qu'il n'était pas au courant depuis longtemps ? Ne serait-ce pas Jane qui lui aurait fait obtenir ce prêt si important ? Un prêt de 500 000 livres sans intérêt ! Vous trouvez ça normal ?

– Dans ce cas, Jane aurait monnayé ses charmes… C'est ce que vous voulez dire ?

– Votre expression est un peu forte, mon ami, mais vous savez… Un homme déjà âgé comme l'est lord Arnold est capable de bien des faiblesses pour garder une femme encore jeune d'allure comme l'était Jane. Je m'étais fait la réflexion : « Ce n'est pas une épouse mais une maîtresse. »

– Lady Elisabeth est bien plus belle que ne l'était Jane.

– C'est bien mon avis. Seulement, voyez-vous, elle, au contraire n'est pas une maîtresse mais une épouse. De plus, c'est une rêveuse… Elle doit ennuyer terriblement lord Arnold qui a besoin de piquant, même s'il s'agit d'une aventure plutôt facile. Avec tout son argent, il peut s'offrir ce qu'il veut.

– Pourquoi elle ?

– Allez savoir… Je crois qu'elle le distrayait de lui-même… Ah, Douglas, mes chères petites méninges sont excitées à un point tel qu'il m'étonnerait que le puzzle ne soit pas bientôt reconstitué. Mais il y a trop d'hypothèses possibles et il nous manque un élément, un seul, qui nous permettrait de tout comprendre. D'ailleurs, je me demande ce que vient faire Jane Austen dans cette affaire...

– Jane Austen ? La romancière ?

– Le nombre 59874 correspond au manuscrit de l'*Histoire d'Angleterre* que Jane Austen écrivit lorsqu'elle était encore enfant. Pourquoi Jack avait-il ce numéro écrit dans sa poche alors qu'il devait se moquer des œuvres de Jane Austen comme d'une guigne ?

Mais soudain sir Ivory s'immobilisa et, se frappant le front du plat de la main, il s'écria :

– L'*Histoire d'Angleterre*... Ah, Douglas, une idée me vient ! Une idée extravagante, à vrai dire ! Il faut que j'aille la vérifier immédiatement ! Achevez tranquillement votre petit déjeuner. Je vous tiendrai informé !

Il endossa son manteau de cachemire à col de velours, prit son chapeau et ses gants, puis sortit, laissant Forbes stupéfait devant les pots de thé, de lait et de confiture.

Chapitre 19

Lorsque le superintendant regagna Scotland Yard, ce fut pour y trouver une convocation au bureau du grand patron, John Turner. Il appela le lieutenant Findley et lui demanda où son équipe en était des investigations qu'il avait commandées. Deux perquisitions étaient en cours, l'une au domicile de feu Jack Boyleston, au troisième étage du 67 St James's Street, l'autre à l'appartement de Cyril Curtney, le comparse du même Jack, à Inverness. Ni l'une ni l'autre n'étaient encore terminées, ce qui acheva de mettre Forbes sur les nerfs.

– Et l'alibi de lord Arnold ?

– Nous n'avons pu être reçus par ce haut personnage, fit le lieutenant d'un ton penaud.

Un mandat spécial devra être délivré par nos autorités supérieures et visé par la Chambre des lords.

– Autrement dit, nous n'aurons jamais accès à lord Boyleston par cette voie-là. Heureusement, il semble que sir Ivory soit capable de l'approcher et de le confesser. Nous verrons bien. Et l'alibi de son fils, William ?

– Avec lui, c'est plus facile. Il nous a reçus au bureau de la *Boyleston Financial Company* qu'il dirige. À l'heure du crime, il a prétendu se trouver dans sa chambre, au deuxième étage du 67 St James's Street. Il a lu un roman policier, le *Mystère de la cloche d'or* d'un certain Van Gulick, puis s'est endormi. Évidemment, personne ne peut corroborer ses dires puisqu'il était seul.

– N'a-t-il reçu aucun coup de téléphone durant ce temps-là ?

– Nous le lui avons demandé. Pas de coup de téléphone. D'ailleurs, à ces heures-là, il décroche pour être tranquille.

– Donc pas d'alibi. Ce qui d'ailleurs ne prouve rien. Avez-vous interrogé des voisins qui auraient pu le voir sortir de l'immeuble dans la soirée ?

– Personne ne l'a vu sortir de l'immeuble, sir. Ce qui ne veut rien dire non plus.

Forbes poussa un grand soupir. À part les supputations de sir Malcolm qui tournaient à vide, rien de consistant ne venait alimenter un dossier où, finalement, tous les protagonistes avaient pu commettre le meurtre de Jack. Quant à celui de Jane Nelson, qu'en dire ? Sir Henry était certainement le mieux placé pour mettre le poison dans le flacon de médicament de la victime. Mais pour quelle raison l'aurait-il fait ?

– Lieutenant, veuillez me préparer maintenant un ordre de perquisition chez les Nelson à Kensington Hight Street. Je le signerai et le ferai signer par John Turner que je dois rencontrer d'ici quelques instants.

– Que devrons-nous chercher ?

– Un ou plusieurs habits de soirée, genre queue-de-pie, avec des boutons de nacre, qui auraient appartenu au grand couturier Thompson, le grand-père de Jane Nelson.

– À vos ordres, sir.

– Veuillez également faire examiner les comptes en banque de sir Henry et de sa femme. On ne sait jamais.

Findley s'éloigna. « Ce garçon ira loin », pensa le superintendant, et il se prit à le comparer à celui qu'il avait été au même âge. Dès qu'il avait été promu lieutenant, il avait dans sa fierté subodoré qu'il pourrait grimper tous les échelons de la hiérarchie et qu'un jour il serait nommé superintendant. À présent que c'était chose faite, Forbes se demandait s'il aurait pu accéder à ce poste sans l'aide de sir Ivory. Aurait-il pu, seul, résoudre les difficiles enquêtes qui s'étaient proposées à lui ?

Il signa l'ordre de perquisition et se rendit au bureau de Turner, au quatrième étage. La secrétaire personnelle du patron était une vieille fille boucanée par les innombrables veilles que lui avait imposées le rythme insensé du Yard. Forbes essayait toujours de l'aborder par un mot aimable mais autant s'agripper à un mur d'ivoire...

– Superintendant, le major a failli attendre ! Allez ! Entrez !

John Turner avait suivi une carrière exceptionnelle. De l'armée il était passé au *Foreign Office*, puis à l'*Intelligence Service*, après quoi le Premier ministre l'avait nommé à la direction du *Central Investigations Department* et enfin à la direction générale du Yard. Ce parcours atypique faisait de lui un homme intouchable. Ne disait-on pas qu'il avait les faveurs de Buckingham Palace ? En tout cas, le conseiller royal, sir Waterhouse, d'habitude peu amène avec ses subordonnés, le tenait en grande estime.

– Entrez, Forbes ! Venez vous asseoir là, je vous prie.

Turner s'efforçait toujours de mettre à l'aise ses interlocuteurs mais d'une telle façon qu'ils en étaient tout intimidés. Le superintendant s'assit en face de son supérieur avec le sentiment qu'à cet instant il jouait sa mise à la retraite. En effet, le patron arborait son fameux grand sourire, celui dont les malveillants disaient qu'il préludait l'hallali.

– Alors, Forbes, dans cette affaire Boyleston, où en êtes-vous ? Nulle part, on dirait ! J'avoue que sir Ivory me déçoit. Non seulement rien n'avance, mais les crimes s'accumulent : après le neveu, ce clochard, et maintenant l'épouse de sir Henry Nelson, un descendant de l'Amiral… Vous comprendrez que l'on s'inquiète et que l'on s'interroge ! Qu'avez-vous à dire ?

– Sir, bredouilla le superintendant, nous sommes sur le bon chemin.

– Lequel ?

– Eh bien, il semble que sir Henry pourrait bien être l'assassin…

– Sir Henry Nelson, l'assassin de sa femme ?

– Et de Jack.

– Expliquez-moi ça.

– Nous n'avons pas encore tous les éléments. D'ailleurs, j'ai apporté un mandat de perquisition au domicile des Nelson afin que vous vouliez bien le signer.

– Écoutez, Forbes. Les journaux ont fait assez de gorges chaudes avec cette affaire. S'ils apprennent que vous suspectez le descendant d'un des plus grands héros de l'histoire d'Angleterre, où allons-nous ?

– Sir Ivory pense...

– Je veux des faits et pas des supputations !

– Puis-je énoncer un fait indiscutable ?

– Il serait temps.

– Lord Boyleston était l'amant de Mme Jane Nelson.

Forbes eut tout loisir d'admirer l'ébahissement de Turner à l'énoncé de cette simple phrase qui soudain avait pris la forme d'un bâton de dynamite.

– Vous dites... Êtes-vous absolument certain ?

– Lord Arnold l'a avoué lui-même à sir Malcolm.

Turner se prit à jouer nerveusement avec un coupe-papier puis avec un paquet de trombones qui s'ouvrit et dont le contenu s'éparpilla sur le bureau.

– La presse est-elle avertie de ce fait ?

– Non, sir.

– Il ne le faut pas ! Ce secret doit demeurer entre nous. D'ailleurs il n'est d'aucune utilité pour notre enquête.

– Cela dépend, sir...

– De quoi, Forbes ?

– Eh bien, sir Henry a pu empoisonner sa femme pour se venger.

Turner explosa :

– Non et non ! Nous ne sommes pas chez les Zoulous ou chez les Français, ici ! Nous sommes en Angleterre ! Un aristocrate ne se venge pas ! Un aristocrate n'utilise pas de poison ! Il répudie sa femme dans les formes.

Sur ce point le superintendant était bien persuadé que le major avait raison. Il se tut, attendant que Turner reprenne les rênes du dialogue.

– Savez-vous où est sir Ivory ?

– À la British Library.

– Pour notre affaire ?

– Il me semble... Connaissez-vous Jane Austen ?

– Comme tout le monde, mais quel est le rapport ?

– Je ne sais pas.

Turner se leva.

– Trêve de sottises ! Forbes, je veux des faits. Et certes, je conçois que travailler dans un milieu comme celui-là n'est pas facile, mais d'habitude, sir Malcolm y excelle. Je ne comprends pas ce qui se passe. Lorsque vous le verrez, dites-lui que je m'inquiète.

– Certainement, sir. Et pour l'ordre de perquisition chez sir Nelson ?

– Que ce soit fait avec discrétion.

Il prit le mandat et le signa.

– Allez, mon ami. Et gardez pour vous le secret de lord Arnold !

De retour dans son bureau, le superintendant classa quelques vieux dossiers, remplit une dizaine de formulaires en attendant l'heure du lunch. Il était désemparé. Pourtant, sir Henry était bel et bien le suspect idéal. Il tournait et retournait cette évidence dans sa tête. Puis il se décida. Il rappela Findley.

– Je vous accompagne chez les Nelson.

– Quand partons-nous ?

– Immédiatement.

La voiture de police se fraya un chemin dans les encombrements du vendredi. C'est le jour où les Londoniennes prennent leur voiture pour faire leurs courses avant le week-end. Dans les quartiers des grands magasins la circulation est alors presque impossible. Ils arrivèrent à Kensington High Street quelques minutes avant midi. Le vieux laquais aux allures maniérées les accueillit.

– Son Honneur est absent, messieurs.

– Sir Thompson est-il là ?

– Qui devrai-je annoncer ?

– Superintendant Douglas Forbes de Scotland Yard. Voici ma carte.

– Je vais m'enquérir de la présence de sir Thompson, messieurs. Mais je dois prévenir ces messieurs qu'étant donné les circonstances, sir Thompson n'est pas très enclin à recevoir.

– Nous le comprenons mais il nous faut insister.

– Bien, messieurs. Veuillez bien attendre ici, je vous prie.

Il les fit entrer dans le salon encombré de meubles et d'objets et s'éloigna d'un pas solennel. Lorsqu'il revint, il demanda à ces messieurs de le suivre. L'appartement était immense. Ils quittèrent la « partie Nelson » pour pénétrer dans la « partie Thompson ». Le vieil homme les reçut dans sa chambre, assis dans un fauteuil, une couverture de cheval sur les genoux.

– Pardonnez-moi, dit-il d'une voix chevrotante, mais je me sens faible. La disparition si subite, si invraisemblable, de ma fille m'a profondément touché.

– Nous sommes navrés de devoir vous importuner en un pareil moment, fit Douglas Forbes, mais les nécessités de l'enquête nous obligent à agir avec une certaine rapidité.

– Je comprends. Que désirez-vous savoir ?

– Avez-vous dans votre garde-robe des habits de soirée qui viendraient de votre père, le couturier Thompson ?

– Quelle curieuse question… J'ai offert toute la collection à l'Albert et Victoria Museum, il y a quelques années. Il me reste deux ou trois friperies que j'ai gardées en souvenir.

– Pouvons-nous les voir ?

– Harvey, voulez-vous bien accompagner ces messieurs jusqu'à la grande armoire qui se trouve dans la chambre bleue ? Vous y trouverez divers habits qui datent de l'époque de mon père. Montrez-les à ces messieurs.

Ils se rendirent sur place. Le majordome sortit trois costumes en soie noire de l'armoire. Il les étendit sur le lit. Forbes les inspecta avec précaution. L'un d'entre eux comportait un gilet avec des boutons de nacre. Il n'en manquait aucun.

– M. Harvey, demanda le superintendant, savez-vous si ces habits ont été portés récemment soit par sir Henry, soit par sir Thompson ?

– Certainement pas ! Ils sont passés de mode.

– Personne ne les a donc sortis de cette armoire depuis des années ?

– Oh, je n'ai pas dit cela !

– Expliquez-vous.

– Chaque année, au printemps, nous faisons un grand nettoyage. À cette occasion, les vêtements sont sortis des armoires. Nous sommes une demeure bien organisée, voyez-vous.

– Je n'en doute pas. Mais, à part cette occasion annuelle, ces habits n'ont pas été sortis de l'armoire…

– Si. Une fois. Je m'en souviens. Il y a deux ou trois ans. C'était à l'occasion d'un bal costumé. Mme Jane a fait mettre à ses mesures un de ces habits de soirée. Elle voulait se déguiser en gentleman.

– Lequel était-ce ?

– Il me semble que c'était celui-là…

Il désigna l'habit au gilet à boutons de nacre. Forbes demanda à Findley de le prendre, puis il regarda l'intérieur de l'armoire. Sur le rayonnage le plus élevé étaient posés deux hauts-de-forme. En dessous, des chemises de cérémonie étaient pliées et rangées en une pile ordonnée. En bas, on voyait deux paires de bottines vernies d'un modèle identique. L'une était visiblement de petite taille. Il les prit et les confia à Findley. Puis il ouvrit des tiroirs où il trouva des nœuds papillons blancs et noirs, des boutons de manchette en or et surtout toute une collection de boutons de nacre semblables à ceux du gilet. Il en préleva deux ou trois.

Il allait s'éloigner lorsque son attention fut attirée par un long vêtement sombre qui pendait à un cintre. Il le dégagea de l'armoire. C'était une houppelande comme on en portait en hiver au début du siècle.

– Mme Jane l'avait-elle fait mettre également à ses mesures à l'occasion de ce bal ?

– Certainement, sir. C'est un ensemble, vous comprenez…

– Je vous remercie. Tenez, lieutenant, chargez-vous également de ce manteau.

Ils quittèrent la chambre bleue. Douglas Forbes n'en laissait rien paraître, mais il exultait. Jane était la meurtrière de Jack et du clochard, il n'en pouvait plus douter.

– Avez-vous trouvé ce que vous cherchiez ? demanda sir Thompson.

– Nous allons emporter avec nous ces quelques vêtements, annonça Forbes.

– Pour quoi faire, mon Dieu ! s'exclama le vieil homme.

Ils n'eurent pas le courage de lui répondre.

Chapitre 20

Sir Ivory ne parut pas durant deux jours. Douglas Forbes, perplexe, téléphona à plusieurs reprises à Falcon Manor mais Mme Pickwick n'avait aucun renseignement à lui donner, sinon qu'elle était elle-même fort inquiète. Le répondeur téléphonique de Wardour Street répondait invariablement que « Sir Ivory étant absent, il était possible d'enregistrer un message »...

Le lundi matin, en arrivant à son bureau du Yard, le superintendant y trouva sir Malcolm en pleine conversation avec le docteur Gardner.

– Sir Ivory, où étiez-vous donc ?

– Je crois avoir bien travaillé pour notre affaire mais je constate que vous avez vous-même réussi une bonne récolte chez les Nelson...

– Qu'en dit le docteur Gardner ? demanda Forbes en prenant place derrière son bureau.

– J'ai analysé les bottines. Ce sont des chaussures de femme ou d'homme ayant un pied plus petit que la moyenne. Elles ont été nettoyées mais il reste suffisamment de particules infinitésimales de terre aux semelles pour définir le terrain sur lequel leur propriétaire a marché. Je l'ai comparé avec le sol de la berge où le meurtre a eu lieu. On peut raisonnablement penser qu'il s'agit de la même glaise schisteuse. Quant au gilet... J'ai comparé les boutons de nacre entre eux. Ils sont identiques mais l'un d'eux a été recousu avec un fil de texture différente, beaucoup plus récent que les autres. J'ajouterai que l'habit a été nettoyé et repassé il y a peu. Le bas du pantalon contient encore des particules microscopiques de la même terre que les bottines. Il en va de même pour le bas de la houppelande.

– Parfait, s'exclama Forbes. L'assassin de Jack est soit sir Henry, soit plus probablement Jane Nelson ! Nous en avons désormais la preuve matérielle.

– Je ne crois pas que le pied de sir Henry entrerait dans ces chaussures-là, fit remarquer sir Ivory.

Le lieutenant Findley entra dans la pièce.

– J'ai du nouveau. Nous avons perdu du temps parce que le compte bancaire de Mme Jane Nelson était, en fait, à son nom de jeune fille. Nous avons remarqué que, le matin de la mort de Jack, elle avait retiré 2 000 livres en billets. Ce n'était d'ailleurs pas la première fois. La même somme avait été retirée de quinze jours en quinze jours, indépendamment des retraits normaux par carte du Diners Club à des guichets automatiques.

– Voilà d'où venaient les 2 000 livres trouvées dans la poche de Jack, conclut Forbes. Notre homme était un maître chanteur. D'où le box de consigne qui lui servait pour cacher provisoirement ses gains.

– Il faisait donc chanter Jane Nelson, dit Findley.

Sir Ivory rectifia :

– Il faisait chanter quelqu'un de la tribu Nelson. Durant ces deux derniers jours j'ai commencé à dénouer le nœud de cette affaire qui, vous le constaterez, est extrêmement singulière... En effet, l'empoisonnement de Jane était bien fait pour réduire notre champ de réflexion. À condition que nous admettions que le meurtrier de Jane était le même que celui de Jack et du clochard... Puisque seul un des membres de cette tribu avait pu avoir accès au stilligoutte de Jane, nous étions amenés à en déduire que c'était l'un de ses membres le coupable non seulement de la mort de Jane, mais aussi de celle de Jack.

– Forcément, dit Forbes.

– Mais non ! C'était un trompe-l'œil. Que l'un des membres de la tribu Nelson ait pu mettre le poison dans le stilligoutte de Jane n'induit, en aucun cas, que c'est cette même personne qui a tué Jack. Pourquoi ne nous trouverions-nous pas devant deux assassinats totalement différents mais dont l'un, le dernier, a été perpétré pour nous égarer à propos du premier ?

Le docteur Gardner prit la parole :

– Voulez-vous dire que le second meurtre aurait servi uniquement à nous égarer sur l'identité du premier assassin ?

Sir Malcolm sortit son inhalateur de chez Creed et en inspira une profonde bouffée. Puis il reprit :

– Je viens de passer deux jours à la British Library. J'avais, en effet, découvert que le numéro porté sur le carton trouvé dans la poche de Jack correspondait à un ouvrage de notre bibliothèque nationale, à savoir l'*Histoire de l'Angleterre* de Jane Austen. Ne comprenant pas comment un Jack Boyleston pouvait s'être intéressé à ce texte, je me suis mis en quête de toutes les possibilités que m'offrait cette curieuse énigme. J'ai compulsé tous les fichiers de la British jusqu'au moment où j'ai pensé que Jack n'étant pas un spécialiste avait pu commettre une erreur de lecture. J'ai donc repris le fichier par titres. J'ai cherché à la rubrique « Histoire d'Angleterre » et j'ai trouvé juste au-dessus du titre de Jane Austen celui d'une Jane Auster qui avait écrit en 1860 une autre *History of England*, beaucoup plus scientifique que celle de notre jeune romancière et qui, elle, portait le numéro MS 37860. À quoi cela pouvait-il me servir ?

– Effectivement, dit Forbes d'un ton soupçonneux.

– J'ai mis du temps à comprendre. En fait, j'ai demandé le manuscrit et je me suis mis à le lire. Ce n'est rien de bien passionnant, mais j'ai fini par trouver quelque chose qui m'a semblé d'une importance capitale. Il s'agissait d'une information au sujet du patronyme de la famille Nelson. Écoutez bien : cette Jane Auster prouvait qu'une branche de cette famille avait perdu tout droit à un quelconque titre nobiliaire à la suite d'une exaction qui l'avait fait condamner par le roi. Je me suis donc précipité sur l'*Organum des vieilles familles anglaises* où les généalogies sont fidèlement décrites, et là, j'ai pu constater que sir Henry est, en réalité, un parfait roturier, sa branche familiale n'ayant plus eu le droit de porter un quelconque titre depuis le dix-septième siècle.

– Attendez, dit Forbes. Voulez-vous nous faire comprendre que sir Henry Nelson n'est pas un descendant de l'amiral Horatio Nelson ?

– C'est ce qu'explique très bien cette Jane Auster avec preuve à l'appui. Il y a trois siècles que les deux branches sont totalement étrangères l'une à l'autre. La relation de famille est plus que distendue, à tel point que l'on peut parler d'une simple homonymie.

– Extraordinaire… dit Findley.

– Mais cette constatation, toute précieuse qu'elle soit, ne m'expliquait pas comment un Jack Boyleston avait pu apprendre cette information et l'utiliser comme base d'un chantage. J'ai encore erré pendant plusieurs heures et, brusquement, en passant devant l'exposition mensuelle, j'ai pensé que le manuscrit de cette Auster avait pu être exposé à une date point trop éloignée des événements qui nous occupent. Effectivement, renseignement pris, la page où, entre autres détails, est signalée la dégénérescence nobiliaire de la branche Nelson du Yorkshire put être admirée par des milliers de Londoniens, il y a deux ans et cela pendant un mois. Il s'agit d'un arbre généalogique magnifiquement colorié où apparaît la branche cassée par ordre royal à la date du 22 mai 1663. Jack, par quelque hasard, l'avait également vu et s'en était aussitôt servi.

– Mais dans quel but ?

– Lord Boyleston souhaitait que William s'unisse avec une aristocrate. Si les Nelson était reconnus roturiers, le mariage serait brisé et, dès lors, toute aide financière s'envolerait. N'oubliez pas les 500 000 livres de prêt !

– Sapristi ! s'écria le superintendant. Voilà donc pourquoi Jack a été tué. Il menaçait les Nelson de révéler la supercherie à lord Arnold !

– Pour prix de son silence, il réclamait 2 000 livres, et encore 2 000 livres, et toujours 2 000 livres. Cette nuit-là, un des Nelson a décidé que le chantage était fini.

– Sir Henry ou Jane, bien sûr ! s'écria Forbes. Ce sont eux qui avaient tout à perdre dans la révélation de leur déchéance. Mais lequel des deux ?

– Et c'est en ce point que les choses se compliquent, dit sir Ivory.

– Comment cela ?

– Je vous l'ai déjà dit. Nous nous trouvons ici devant l'une des affaires les plus curieuses que l'on puisse imaginer. Selon vous, ce soir-là, sir Henry ou Jane se costume en vieil aristocrate, se rend à un rendez-vous pris avec Jack près des docks, lui remet 2000 livres et lui annonce que c'est la dernière fois qu'il accepte ce chantage. Jack se moque de lui – ou d'elle. Sir Henry, ou Jane, sort la lame de sa canne-épée, transperce le maître chanteur et pousse son cadavre dans l'eau. De même, il (ou elle) reviendra sur le lieu du crime pour tuer le clochard de peur qu'il l'ait reconnu. Est-ce bien cela ?

– À peu près, répondit Forbes.

– Ah, mon cher ami, comme vous êtes vite prisonnier des apparences, qui d'ailleurs ici sont des masques…

– Sir Malcolm, que voulez-vous dire ?

– Réunissez tout ce beau monde demain à cinq heures de l'après-midi chez lord Boyleston : je vous expliquerai ce que sont ces masques et ce que j'entends par un théâtre des apparences.

Là-dessus, il endossa son manteau, prit son chapeau et ses gants, puis sortit du bureau à la stupeur générale.

Chapitre 21

Peu avant cinq heures, le lendemain, on vit arriver au 67 St James's Street sir Henry Nelson et sa fille. Bettie était tout de noir vêtue et portait un béret qui lui donnait l'air d'une pensionnaire d'orphelinat. Ils demandèrent que l'on voulût bien excuser sir Thompson, trop abattu pour pouvoir se déplacer. Lady Elisabeth, en robe longue de couleur safran, avait repris la place qui était la sienne lors du décès de Jane. William accueillait les arrivants avec sa courtoisie habituelle. Lord Arnold se trouvait dans son bureau et avait prévenu qu'il ne rejoindrait les autres que lorsqu'ils seraient tous installés.

Le lieutenant Findley et un sergent accompagnaient Cyril Curtney que l'on avait sorti de cellule pour l'occasion. Personne n'avait accepté de se porter caution pour lui. Il lui faudrait attendre le résultat de l'enquête préalable pour être fixé sur son sort. Le superintendant Forbes parut avec le docteur Gardner, bientôt suivi par sir Malcolm Ivory dont le strict costume rayé s'ornait d'une rose d'Ispahan.

Au fur à mesure de leur arrivée, les hôtes venaient saluer lady Elisabeth qui, à son habitude, tenait son petit sac d'étoffe dans son giron. Elle eut un petit mot agréable pour chacun, y compris pour Forbes qui en fut très honoré. Lorsque sir Ivory vint lui présenter ses hommages, elle lui demanda s'il était convenable de servir un rafraîchissement et des gâteaux. Il l'en dissuada.

Comme il était convenu, William alla chercher son père dès que chacun eut pris place dans le salon. Lord Arnold, bien que visiblement fatigué, faisait face à l'adversité avec la fermeté qui l'avait toujours soutenu dans ses actions. Il se plaça au centre du cercle formé par les invités et, debout, crut bon de prononcer quelques mots.

– À la requête de sir Ivory ici présent, j'ai

accepté que cette réunion ait lieu. Vous connaissez les principes rigoureux sur lesquels j'ai bâti ma vie. Je n'ignore pas que durant les heures qui vont suivre nous serons tous malmenés, mais il nous faut accepter cette épreuve si, comme je le crois, elle doit permettre de faire éclater la vérité et triompher la justice. Je prie Dieu, notre seul juge, de pardonner à ceux par qui le scandale pourrait survenir.

Ces paroles furent reçues dans un silence opaque. Lorsqu'il eut terminé, lord Arnold alla s'asseoir entre son fils et lady Elisabeth. Sir Malcolm le remplaça au milieu de la pièce et commença :

– Mesdames, messieurs, nous allons tenter ensemble d'y voir clair dans un ensemble d'assassinats qui se sont produits dans des conditions exceptionnelles. Je voudrais dire à quel point je vais essayer de ne blesser personne, alors même que la révélation de certains faits se montrera forcément désagréable. Et d'abord, considérons la première victime, Jack Boyleston, qui fut tué d'un coup de canne-épée en plein cœur, puis jeté dans la Tamise après avoir reçu deux autres blessures *post mortem* à l'abdomen. Tous ceux qui sont ici ont à l'esprit le caractère particulier de ce malheureux jeune homme. Il était de ceux dont on dira pudiquement qu'ils se sont égarés hors du droit chemin.

Un souffle passa dans l'assemblée. Forbes admira le doigté de son grand ami mais, ne sachant où il voulait en venir, ne put s'empêcher de redouter le faux pas qui déchaînerait la colère du lord. Lady Elisabeth, comme absente, jouait machinalement avec son sac. Bettie Nelson montrait des yeux hagards dans un visage livide.

– Aucun d'entre vous n'a, en fait, échappé à l'action pernicieuse de Jack Boyleston. Vous, lady Elisabeth et vous, lord Arnold avez tenté d'élever cet enfant comme votre propre fils, gérant sa fortune avec compétence. Vous n'en fûtes guère récompensés. Jack dilapida tous ses biens et lorsqu'il parvint à retrouver une source d'argent, ce fut en détournant des sommes considérables issues de vos filatures. Vous, William, outre les malversations que je viens d'évoquer, avez eu à souffrir des agissements de votre cousin qui tenta de vous ravir votre fiancée.

Le jeune Boyleston se saisit de la main de Bettie qui était à ses côtés et la tint serrée.

– Vous, sir Henry, vous vous êtes retrouvé

victime d'un chantage odieux qui tentait de discréditer votre honneur. Votre épouse, Jane, eut pareillement à en souffrir. Jack vous réclamait périodiquement des sommes insupportables afin de ne pas révéler un secret qui, selon lui, vous eût fermé la porte du monde auquel vous êtes légitimement fier d'appartenir.

Sir Nelson baissa la tête et se mit à fixer les dessins du tapis avec une louable constance.

– Vous, Bettie, vous avez été scandaleusement trompée dans votre ingénuité par cet homme qui, au vrai, ne vous voulait que du mal. Quant à vous, Cyril Curtney, vous aviez toutes les raisons de vous fâcher contre un associé qui ne respectait plus ses engagements, quels qu'ils fussent... Autrement dit, vous aviez tous souffert d'une façon ou d'une autre de ses pratiques. Chacun, de ce fait, peut et doit raisonnablement être tenu pour suspect.

Un brouhaha suivit cette affirmation. Sir Ivory n'y prit pas garde.

– Un deuxième assassinat eut lieu deux jours plus tard. Cette fois, la victime fut un ancien marin devenu clochard qui avait l'habitude de loger à la belle étoile sur une berge de la Tamise, non loin du pub « Prospect of Whitby ».

On l'appelait familièrement Bob Rob. Témoin, peu ou prou, du premier meurtre, et s'en étant ouvert à la police, il devenait dangereux pour l'assassin. C'est, en tout cas, ce que nous avons pensé ; et je vous le dis : c'est ce que l'on voulait justement nous faire croire. Là commence la ruse.

– Expliquez-nous cela... fit lord Arnold d'un ton agacé.

– J'y viens, *my lord*, j'y viens. Revenons au premier meurtre. Jack a rendez-vous avec quelqu'un. Ce « quelqu'un » deviendra son assassin. Pourquoi ce rendez-vous a-t-il lieu à cet endroit et à cette heure-là, c'est-à-dire en pleine nuit, et par une purée de pois à ne pas y voir à trois mètres ? Réponse probable : parce que ce rendez-vous est absolument nécessaire pour l'un des deux protagonistes. Il y a urgence. Par exemple, Jack fait chanter ce « quelqu'un ». Il menace de révéler un secret si l'on ne lui remet pas immédiatement une somme déterminée. Notre « quelqu'un » vient vers lui afin de lui remettre l'argent. Et là, je vous demande de bien vouloir visualiser la scène...

– Venez-en au fait ! bougonna lord Arnold.

– Le rendez-vous a été pris non loin du pub

« Prospect of Whitby ». C'est un point de ralliement facile. Seulement voilà ! Il fait nuit et il y a ce fameux brouillard givrant. Comment nos deux personnages vont-ils pouvoir se retrouver ? Ni l'un ni l'autre ne veulent être vus des habitués du pub. Leur transaction doit demeurer la plus discrète possible. Et ils se cherchent...

– Effectivement, s'interrogea Forbes. Comment dans ce brouillard épais vont-ils pouvoir se retrouver ?

– Eh bien, tout simplement grâce au brasero de notre ami Bob Rob. Les flammes sont un bon point de repère. Ils se retrouvent à côté du lieu où le clochard a élu domicile. C'est là que va avoir lieu la dispute suivie du meurtre. Or, Bob Rob a non seulement entendu le bruit de cette querelle, mais il a surtout vu un gentleman en habit de soirée, ce qui n'a pas manqué de frapper son esprit. Imaginez, je vous prie, ce personnage en houppelande, chapeau haut de forme sur la tête, sortant du brouillard et s'approchant du brasero...

– On se croirait au théâtre, fit sir Henry d'une voix de fausset. Vous pourriez peut-être abréger...

– Du théâtre ! Voilà le mot en effet ! s'écria sir Ivory. Pourquoi, je vous le demande, notre « quelqu'un » serait-il venu au rendez-vous fixé par Jack vêtu de la sorte ? Voyez-vous ce que je tente de vous expliquer ? Ce « quelqu'un » s'est déguisé dans le but d'être remarqué à coup sûr. Il savait pertinemment que Bob Rob vivait là. Il l'a volontairement choisi comme témoin de ce déguisement, sachant qu'à la suite du meurtre, la police ne pourrait manquer d'interroger le clochard.

– Par saint Patrick ! s'exclama le superintendant. Il s'agirait donc d'un plan concerté pour orienter l'enquête vers ce genre de vêtement...

– D'ailleurs, deux jours plus tard, le meurtrier revient auprès de Bob Rob. Il ne revient pas pour exterminer un témoin gênant. Au contraire, il vient pour s'assurer que le clochard a bien témoigné auprès de la police dans le sens qu'il escomptait. Bob Rob, sous la menace de la canne-épée, lui avoue avoir fait le nécessaire. Le meurtrier sait dès lors que nous avons pris bonne note de deux éléments essentiels : l'habit de soirée et le prénom de Jane. Oh, il aurait pu en rester là, mais il va vouloir raffiner... C'est d'ailleurs souvent ce qui perd les criminels qui se croient trop intelligents.

– Que fait-il alors ? demanda William.

– Il tue Bob Rob qui reste accroché à la berge. Une idée lui vient. Il arrache un des boutons de nacre de son gilet et le glisse dans la main crispée du cadavre. Dans son esprit, il ajoute une signature supplémentaire qui mettra les enquêteurs sur la piste où il a décidé de les entraîner. Erreur ! Comment voulez-vous que quelqu'un qui s'agrippe désespérément à la berge d'un fleuve glacial garde dans le creux de sa main un bouton gros comme un petit pois ! C'est impossible.

– C'est effectivement impossible, répéta le docteur Gardner. C'est un détail qui m'avait frappé. Le bouton a forcément été placé dans la main après la mort de la victime.

Sir Henry parut réaliser d'un coup la signification des paroles de sir Malcolm.

– Mais, fit-il, si ce que vous dites a un sens, cela tendrait à montrer que le meurtrier a voulu orienter les soupçons sur notre famille ! Il savait que mon beau-père avait gardé deux ou trois habits du couturier Thompson… Mon Dieu, je ne sais plus que croire…

Il était troublé au point d'en perdre tout contrôle. Il jeta un œil effaré sur l'assemblée et recula dans son fauteuil comme pour se protéger d'une agression. Sir Ivory reprit :

– Eh oui, sir Henry ! C'est ce bouton qui m'a mis sur la voie. On voulait effectivement faire croire que soit votre épouse, soit vous-même étiez responsable de la mort de Jack. Il y avait d'ailleurs d'autres éléments qui pouvaient vous faire soupçonner. Avouez-le : Jack vous faisait chanter, vous et votre femme…

– Hélas…

– Les 2000 livres en argent liquide que Jane tirait tous les quinze jours de sa banque servaient à faire taire ce jeune homme décidément bien encombrant. Et donc il semblait couler de source que, la nuit du meurtre, Jane s'était rendue auprès de Jack pour lui remettre cette somme, que nous avons retrouvée dans la poche de son pantalon. Or il n'en fut rien. Jane, ce soir-là, n'est pas allée au rendez-vous que lui avait imposé Jack.

– Et pourquoi ? demanda Forbes.

– À cause du brouillard, tout simplement. Elle n'avait aucune envie de se retrouver seule avec Jack dans cette nuit glaciale.

– Pourtant, les 2000 livres ont été retrouvées dans sa poche, comme vous venez de le confirmer ! fit remarquer William.

– Ces 2 000 livres-là ne sont pas celles que Jane a sorties de son compte en banque. J'en ai eu la preuve, sir Henry, lorsque, ouvrant le sac de votre épouse après son décès pour y chercher le flacon de médicament, j'y ai également trouvé la liasse de 2 000 livres qu'elle avait conservée.

Le silence le plus épais suivit cette annonce. Chacun était tendu vers les révélations que sir Ivory semblait sortir de sa manche comme un magicien.

– Reprenons donc. Jack attend quelqu'un non loin du brasero de Bob Rob. Nous savons à présent que ce « quelqu'un » est Jane Nelson. Or ce n'est pas elle qui apparaît dans le brouillard aux yeux du jeune homme. C'est le personnage déguisé. Le reconnaît-il ? Une discussion s'engage. Une somme de 2 000 livres lui est remise. Il l'empoche et pour cela ouvre son manteau, sa veste, découvrant ainsi sa poitrine. À peine a-t-il achevé ce geste que la lame de la canne-épée fait son œuvre. Il est tué net. Deux coups supplémentaires lui sont portés au ventre avec rage.

– On croirait que vous y étiez… fit Cyril Curtney.

– Je n'y ai pas grand mérite. La lame fine et souple d'une canne-épée n'aurait pu traverser l'épaisseur du manteau et de la veste. D'ailleurs nous pûmes constater que la seule trace de sang en dehors de la chemise se trouvait à l'intérieur du veston, sur la doublure. Mais là où j'ai peut-être quelque mérite, c'est d'avoir pensé que le meurtrier connaissait l'habitude qu'avait Jack de ranger son argent liquide dans la poche de son pantalon. C'est un geste assez peu courant dans votre monde, n'est-ce pas, M. William ?

– Oui, peut-être lui arrivait-il de le faire, en effet. Mais où tout cela nous mène-t-il ?

– Tout droit à l'identité du criminel. Je devrais d'ailleurs dire : des criminels... Pour accomplir cette astucieuse mise en scène, il fallait nécessairement être deux.

À cet instant, Bettie poussa un cri. Tous les regards se tournèrent vers elle. Son petit visage contracté montrait un intense effroi. Elle finit par articuler :

– Non ! C'est impossible ! C'est un cauchemar ! Sir Malcolm, tout ce que vous dites là n'est pas vrai !

Chapitre 22

Bettie s'était blottie dans les bras de William qui tentait de la calmer.

– Allons, sir Malcolm, s'écria sir Henry, vous voyez bien que vos effets de tribune perturbent cette enfant !

Sir Ivory ne parut pas être autrement ému par la singulière réaction de la jeune fille, réaction que le superintendant mit sur le compte de la fatigue nerveuse. Ne venait-elle pas de perdre sa mère de façon tragique ? Il eût fallu une volonté et une maturité bien éloignées du caractère juvénile pour supporter cette horreur sans broncher.

– Il m'était apparu depuis le début de l'enquête, reprit sir Ivory, que le costume endossé par le meurtrier était un masque destiné à cacher son identité. En fait, il s'agissait plus certainement d'un leurre placé bien en vue pour orienter nos recherches vers la demeure Nelson-Thompson. Toutefois, seul quelqu'un appartenant à cette maison, ayant aisément accès à ces vêtements aurait pu en disposer. D'où une contradiction apparente : je comprenais que l'on voulait faire accuser les Nelson et, dans le même temps, je voyais bien que seul un Nelson avait pu se saisir de ces habits avant le premier meurtre et les rapporter après le meurtre de Bob Rob pour les nettoyer, les ranger et recoudre un bouton de nacre. On aurait d'ailleurs pu penser qu'au lieu de se donner cette peine, le coupable se serait débarrassé de ces témoins dangereux en les brûlant ou en les jetant dans quelque dépôt. Mais non ! Il fallait que nous les retrouvions pour que l'accusation pèse sur les Nelson.

– Mais ça n'a pas de sens ! s'écria lord Arnold.

– Oh si ! Pour cela il m'était nécessaire de faire fi de cette mise en scène montée avec une réelle perversité. Nous nous trouvons, en effet, devant un projet mené de bout en bout avec une maîtrise incroyable... Car, hélas, il y eut un troisième meurtre. Mme Jane Nelson fut empoisonnée au moyen de gouttes de cyanure, que l'on nomme aussi acide prussique, contenues dans le stilligoutte qu'elle avait l'habitude d'utiliser au moment des repas. Ce soir-là, elle n'avait pu le faire, le flacon s'étant égaré. Néanmoins, il fut retrouvé comme par hasard juste au moment du départ de la famille Nelson, de telle façon que Jane décidât de prendre ses gouttes dans une boisson que leur offriraient les Boyleston. Sir Henry, est-ce vous qui, une fois le sherry servi, avez rappelé à votre épouse de prendre ces gouttes ?

– Peut-être... Je ne m'en souviens pas. N'est-ce pas plutôt Bettie ?

– Non ! s'insurgea la jeune fille. Père, pourquoi dites-vous ça ?

– Peu importe, fit sir Ivory pour arrêter ce qui semblait devoir se transformer en une querelle entre le père et la fille. Le tout est de comprendre qu'il fallait que Jane Nelson s'empoisonne dans le salon des Boyleston et que l'on retrouve un autre flacon ayant contenu de l'acide prussique dans le petit sac de lady Elisabeth. Et là nous retrouvons une intéressante contradiction : d'une part, le stilligoutte mortel dans le sac de Jane, d'autre part, le flacon vide mais ayant contenu de l'acide prussique dans le sac de lady Elisabeth. Le premier vient de la demeure Nelson. Le second se trouve déjà dans le salon Boyleston.

– Qu'est-ce qui vous permet de l'affirmer ? demanda William.

– Voyez-vous, jeune homme, j'ai laissé dire lorsque l'on s'est évertué à vouloir prouver qu'il était possible que quelqu'un ait glissé le flacon vide dans le sac de lady Elisabeth alors qu'elle s'était rendue aux cuisines afin d'en rapporter des gâteaux. Or c'était impossible et, de toute façon, risqué. Vous n'étiez pas assez nombreux dans ce grand salon pour qu'une telle démarche passe inaperçue. Non, croyez-moi : le flacon était déjà dans le sac de lady Elisabeth avant que les invités arrivent.

Tout le monde se prit à parler à la fois. On protestait. On faisait des gestes bien peu dans la tradition britannique. Le superintendant exigea que l'on se tût.

– Oh, je comprends, fit sir Ivory, ce que mes paroles peuvent avoir de choquant, mais la vérité est la vérité, n'est-ce pas ?

– Sir Malcolm, vous me faites peur... dit lord Boyleston d'une voix trop grave.

– Pardonnez-moi. Il faut que je continue.

– Je ne sais quelle calamité va s'abattre sur nous, reprit le vieux lutteur, mais, oui, il faut que vous alliez au fond des choses. Il ne sera pas dit que j'aurai fait dévier le bras de la justice.

– Je vous remercie, *my lord*. Je n'en attendais pas moins de votre sens de la grandeur. Accordez-moi donc encore un moment d'attention. Une complicité était nécessaire entre deux personnes, l'une qui habitait chez les Nelson, l'autre chez les Boyleston. La première avait accès au déguisement et pouvait l'apporter à la seconde. La première pouvait reprendre le déguisement après les deux meurtres et le rapporter chez les Nelson pour le nettoyer, recoudre le bouton, tout cela de telle façon qu'une analyse des vêtements montrerait forcément qu'ils avaient été portés lors du drame. De même, la première personne pouvait cacher le stilligoutte de Jane Nelson, le retrouver au bon moment, tandis que la seconde pouvait placer discrètement le flacon vide, mais ayant contenu de l'acide prussique, dans le sac de lady Elisabeth.

– En effet, dit Douglas Forbes qui commençait à comprendre où sir Malcolm voulait en venir.

– Lieutenant Findley, avez-vous apporté les bottines qui ont été portées par la personne déguisée la nuit du meurtre ?

– Oui, sir. Les voici.

Il les sortit d'un sac réglementaire et les montra. Sir Malcolm poursuivit :

– Comme chacun peut le constater, il s'agit de bottines à l'ancienne mode de taille 37, c'est-à-dire d'une taille généralement féminine. Mlle Bettie, voulez-vous bien les essayer ?

Elle se leva d'un bond :

– Mais pourquoi ?

– Vous avez l'air très effrayée…

– Non, pas effrayée ! Je me demandais seulement…

William s'interposa :

– Sir Malcolm, ce que vous faites là n'est pas bien ! Vous voyez que ma fiancée a été ébranlée par le décès de sa mère… Cet essai a quelque chose de monstrueux ! N'est-ce pas, père ?

Lord Arnold grogna comme un ours blessé et s'écria :

– Que ce qui doit être fait soit fait !

Bettie ôta ses chaussures. Findley, agenouillé devant elle, l'aida à mettre les bottines, mais elles étaient visiblement trop petites pour la pointure de la jeune fille.

– Vous voyez que nous avons bien fait de faire cet essai, dit sir Ivory. Ce n'était pas vous qui portiez ces chaussures le soir du meurtre de Jack. Qui ici aurait pu les porter ?

Tous les regards se portèrent sur lady Elisabeth. Ses beaux yeux bleus cillèrent un peu, puis elle dit :

– Oh, bien volontiers...

Elle ôta ses escarpins. Findley lui présenta les bottines. Là encore, il apparut qu'elles étaient trop petites pour son pied. Le silence était lourd.

– Et vous, M. William, voulez-vous bien vous prêter à ce même essai ?

– C'est ridicule ! Vous savez bien que ces chaussures ont été portées par Jane Nelson !

– Détrompez-vous. Nous avons déjà essayé sur son corps. En revanche, depuis que j'ai eu l'honneur de faire votre connaissance, j'ai remarqué que vous chaussez une petite pointure...

William haussa le menton et, d'une voix coupante :

– Sir Malcolm, insinueriez-vous que c'est moi qui portais ces chaussures le soir du meurtre de Jack ?

– Eh oui, M. William... Non seulement je l'insinue, mais je l'affirme.

Ce fut comme un coup de tonnerre dans le salon.

– Voyez à l'intérieur de cette bottine... On a gratté la marque. Mais le docteur Gardner ici présent possède à Scotland Yard un laboratoire qui est le plus moderne du monde... Parlez, docteur...

Le petit bonhomme chauve se leva. Ses yeux de myope dans un visage lunaire lui donnaient un air emprunté.

– Effectivement... Cette bottine a été fabriquée spécialement par le chausseur Gordon and Forton, 47 Marylebone Road à Londres, il y a un mois.

– Nous avons d'ailleurs l'attestation du vendeur, ajouta Findley.

– Par qui cette commande a-t-elle été faite ? demanda sir Ivory.

– Par une certaine Nelly Bronson, dit Findley. Mais il s'agissait d'un faux nom. Le vendeur a parfaitement reconnu la photographie de la personne lorsque je la lui ai montrée. Il s'agit de Mlle Bettie Nelson.

– Tout cela est incohérent ! s'exclama William. Vous avez bien vu que ces chaussures ne lui vont pas !

– Mais elles vous vont très bien, dit doucement sir Malcolm. En fait, depuis le début de cette affaire, nous étions dans le brouillard, mais pas celui de Londres, celui qu'un couple astucieux et perverti avait fabriqué de toutes pièces pour se dissimuler tandis qu'il se livrait à une série de crimes bien montés.

À ces mots, William se leva et cria :

– Je proteste ! Père, faites-le taire !

Mais, dans le même temps, on vit Bettie Nelson secouée par une crise de nerfs qui déformait ses traits, faisait trembler tout son corps comme si elle eût été atteinte d'une crise d'épilepsie. Sir Henry se précipita vers elle. Le docteur Gardner commanda à Forbes d'aller lui chercher sa trousse qu'il avait laissée dans la voiture. Lady Elisabeth se leva à son tour et, toisant lord Boyleston :

– Vous êtes responsable de cette infamie, Arnold. Au lieu de vous occuper de vos affaires, de votre politique et de votre morale, vous auriez mieux fait de vous occuper de votre famille !

Puis, sans attendre de réaction de son mari, elle vint s'asseoir à nouveau et reprit son petit jeu de mains machinal avec son sac en étoffe. William se précipita vers elle :

– Mère, il ne faut pas croire ce que prétend cet homme !

Elle détourna la tête.

– William, je crois que vous êtes perdu, dit sir Henry. Qu'avez-vous fait de ma fille ? Pourquoi cet acharnement contre nous ?

Le jeune homme regarda vivement à droite, à gauche, comme une bête traquée et tout à coup se précipita vers la porte du salon. Le sergent qui accompagnait Findley tenta de le retenir mais William courait déjà dans le couloir, sortit sur le palier et grimpa quatre à quatre l'escalier qui menait à son appartement. Là, il s'enferma.

Lorsque le superintendant et le lieutenant eurent rejoint le sergent, ils tambourinèrent à la porte pour se faire ouvrir puis, n'obtenant aucune réponse, décidèrent de l'enfoncer. Ils trouvèrent le jeune homme à genoux sur le tapis de sa chambre à coucher. Il s'était empoisonné, et tous leurs efforts pour lui faire dégorger le poison furent vains. Lorsque l'ambulance arriva, le fils unique de lord Boyleston venait de mourir.

Chapitre 23

Comme après chaque fin d'enquête, sir Ivory avait invité le superintendant à un déjeuner amical à Falcon Manor. Le brouillard avait cessé, remplacé par une pluie glaciale. Sir Malcolm attendait son ami dans la serre en soignant avec amour un *Bulbophyllum* hybride qu'il avait obtenu par croisement d'un longissimum et d'un ornatissimum. La rareté de la réussite lui faisait espérer l'un des grands prix de la *Royal Horticultural Society*.

Dorothea Pickwick accueillit Forbes avec sa mauvaise humeur coutumière.

– N'avez-vous pas honte d'entraîner sir Malcolm dans d'aussi sinistres histoires ? Pauvre lady Elisabeth ! Comme je la plains !

Les journaux populaires avaient pu être muselés, si bien que la vérité avait été édulcorée au point de donner du drame une version acceptable par Buckingham et l'intraitable lord Waterhouse. On y évoquait la sourde rivalité entre les deux cousins, Jack et William, dont une jeune fille mineure (et donc protégée par l'anonymat) avait été l'enjeu. William avait tué Jack dans un accès de colère et s'était suicidé par remords. Quant au décès de Jane Nelson, personne n'avait fait de rapprochement avec le fait divers précédent.

– Ah, si vous saviez le fond des choses, ma pauvre Dorothea... La vérité est bien plus étrange que vous ne pensez !

– Venant d'un esprit compliqué comme le vôtre, rien ne m'étonnera jamais !

La table avait été mise dans la petite salle à manger d'hiver où trônait un superbe poêle de faïence hollandais. Le repas était constitué de petits pâtés de canard chauds, d'un saumon au beurre blanc rehaussé à la menthe d'Écosse, d'un pudding au chocolat fondant arrosé au whisky. Le superintendant baignait dans un bonheur sans mélange. Cependant la curiosité l'emporta.

– Sir, si vous le permettez, je voudrais que vous m'expliquiez plus complètement comment les événements se sont déroulés dans cette affaire Boyleston.

– Dites-moi d'abord comment va la jeune Bettie ?

– Pas très bien. Elle commence seulement à se rendre compte de l'horreur de sa conduite. Le personnel de l'hôpital Crewsboard où elle a été placée s'occupe d'elle avec commisération. On pensait qu'après avoir raconté son histoire, elle serait un peu libérée. Au contraire, son état a plutôt empiré.

– Son père vient-il la visiter régulièrement ?

– Non, pas vraiment. C'est un égoïste incurable. Il vit dans les fantasmes de sa noblesse usurpée. Personne n'a eu le courage de dénoncer la supercherie. Et puis le cadeau généreux de lord Arnold a arrangé bien des choses...

– De quel cadeau parlez-vous, Douglas ?

– Ah, vous ne savez pas ! Lord Arnold a purement et simplement annulé la dette de 500 000 livres que sir Henry avait contractée auprès de lui. Lord Arnold a pensé que c'était une faible compensation par rapport au mal que William a fait à sa famille.

– Étonnant lord Boyleston ! Il aura été d'une volonté et d'une dignité exemplaires jusqu'au bout !

– Croyez-vous qu'il avait compris la vérité avant que vous dénonciez son fils ?

– Je ne le pense pas. Jane l'avait dépeint sous les traits d'un rhinocéros. C'est un fonceur. Rien ne doit lui résister. Mais il ignore tout ce qui se passe autour de lui. C'est une sorte d'aveugle. En revanche, lady Elisabeth avait sans doute tout subodoré depuis le début. Je l'admire beaucoup. Elle est de ces femmes bonnes et discrètes qui savent souffrir en silence.

Après le dessert les deux hommes se rendirent dans la véranda pour prendre le café, fumer un cigare et goûter à un Tormore du Speyside. Ce fut alors que sir Ivory commença :

– Vous vous souviendrez que, dès l'ouverture de l'enquête, nous avions compris que Jack était un singulier personnage. Plus nous avançâmes, plus sa personnalité de maître chanteur et d'escroc se confirma. Je voulus comprendre pourquoi ce garçon en était arrivé là. Ballister, le majordome, nous l'avait décrit comme un garçon exécrable. Avait-il été gravement déstabilisé par la mort tragique de ses parents ? Je demandai au docteur Gardner de se renseigner auprès des autorités qui avaient eu à s'occuper du drame. Ce fut alors que j'appris ce qui s'était réellement passé. Le couple avait donné naissance à un deuxième enfant, une petite fille du nom de Victoria. Jack, qui avait alors sept ans, en devint jaloux au point de vouloir la faire disparaître. Nuitamment, il mit le feu au berceau. De là, l'incendie se propagea à toute la maison. Vous connaissez la suite.

– Mais c'est abominable ! s'écria Forbes en s'étranglant avec la fumée de son havane.

– Si abominable que la mémoire de Jack n'enregistra pas l'événement. Les psychologues de l'époque furent formels. Il ne se souvenait de rien. C'est, je crois, ce que l'on appelle, en langage moderne, un refoulement. Un portillon étanche se ferme. L'horreur de la responsabilité était trop énorme pour un cerveau et une conscience d'enfant.

– Lady Elisabeth et lord Arnold avaient-ils été informés ?

– Oui, mais en mémoire de son frère, lord Boyleston avait tout de même accepté de devenir le tuteur de son neveu. Sans doute avait-il mis le geste de Jack sur le compte de l'irresponsabilité d'un gamin incapable de mesurer les conséquences de son acte.

– Bref, Jack fut élevé en même temps que William et, bien entendu, Jack devint jaloux de son cousin. Il commença à l'ennuyer de mille façons mais, comme Ballister nous l'a confié, William, de beaucoup plus intelligent et plus subtil que lui, arrivait toujours à se jouer de sa malignité. Cela dura jusqu'au moment où, devenus majeurs et revenus de l'armée, les deux jeunes hommes entrèrent dans la vie professionnelle. Jack, ayant récupéré sa fortune, commença à la dilapider par des placements incongrus tandis que William, sous la tutelle paternelle, suivait des stages et finalement était nommé à la *Financial Company*.

– Tout cela nous est connu.

– Là où les événements se gâtèrent, ce fut lorsqu'ayant tout perdu de son héritage, Jack compara sa situation à celle de son cousin. Après tout, pourquoi était-ce William qui avait la faveur de lord Boyleston ? Au lieu de s'en prendre à lui-même, il commença à haïr ceux-là même qu'il eût dû remercier. Il se prit à fouiner et ne tarda pas à surprendre les amours à la sauvette de lord Arnold et de Mme Nelson. Le chantage commença, non pas auprès du lord qu'il redoutait, mais de Jane, plus accessible.

– Il s'agissait des 2 000 livres...

– En effet. Mais, comme si cet acte odieux ne suffisait pas, il conçut de gruger lord Boyleston en s'octroyant des commissions rondelettes sur les matières premières des filatures. Mieux encore, si j'ose dire ! Il décida d'enjôler la fiancée de William qui, inexpérimentée comme elle l'était, tomba dans le piège. Car, non content de la séduire, il voulait la corrompre, profitant de l'état de révolte qui était le sien vis-à-vis de sa famille et, plus particulièrement, de son père. Ce fut ainsi qu'il l'emmena au cabaret « Le Rendez-vous » qui, nous l'avons constaté, n'est autre qu'un lieu de prostitution. C'en était trop. Déçue et pleine de remords, elle s'en ouvrit séparément à William et à sa mère.

– D'où le scandale...

– Scandale qui, comme toujours dans ce genre de famille, fut promptement étouffé. En revanche, la colère de William, bien compréhensible, se changea à l'instant en un sentiment de haine à l'égard de son cousin. Il l'avait supporté jusque-là, mais voilà que non seulement Jack s'accordait des commissions indues sur les affaires, mais encore tentait de salir sa fiancée ! Eût-il, pour ces raisons, été poussé à tuer son cousin ? Peut-être pas… Mais un nouveau chantage apparut.

– Encore ! Lequel, sir Malcolm ?

– Celui du manuscrit de Jane Auster qui prouvait que les Nelson n'appartenaient pas à la noblesse. En présence de ce document, lord Arnold aurait certainement fait rompre les fiançailles. Pour lui, nous le savons, son fils devait à tout prix s'allier à l'aristocratie. Or William aimait Bettie. Il l'aimait réellement, profondément. Il décida de supprimer celui qui lui apparaissait désormais comme un monstre.

– C'était un monstre ! surenchérit le superintendant.

– Il pensa sans doute que c'était un acte salutaire mais, bien entendu, il ne fallait surtout pas risquer de ternir du même coup la renommée des Boyleston… Il fallait combiner un plan qui éloignerait les soupçons. Et c'est alors que dans le cerveau de ce garçon appliqué naquit une idée tortueuse, tout à fait extraordinaire. Il avait appris entre-temps, sans doute par Jack lui-même, que Jane Nelson était la maîtresse de son père. Aimant tendrement sa mère, il n'avait pu supporter ce qu'il estimait être une trahison. Se souvenant que Jane était apparue dans un habit de soirée d'homme lors d'une fête masquée, il s'enquit auprès de Bettie de l'existence de ce costume. Elle lui confirma qu'il se trouvait dans une armoire de l'appartement Thompson et le lui apporta.

– À ce moment-là, elle ne savait pas ce qu'il voulait en faire...

– Elle l'apprit plus tard... William essaya le costume. Jane et lui avaient la même taille, le même gabarit. Seules les chaussures étaient trop grandes. Il demanda à Bettie d'en commander une paire identique à sa taille chez Gordon and Forton, ce qu'elle fit.

– Je suppose qu'il connaissait le lieu habituel du rendez-vous où Jane remettait périodiquement les 2 000 livres à Jack...

– Il avait appris par Bettie qu'ils se rencontraient toujours aux abords du pub « Prospect of Whitby ». Ce fut ainsi qu'il se rendit à Wapping afin d'étudier les lieux et remarqua Bob Rob qui lui parut être un excellent témoin pour la mise en scène qu'il projetait. Tout dans son esprit était prêt. Il suffisait d'un déclic pour que la machine se mît en œuvre. Cette occasion lui fut fournie lorsqu'il apprit au téléphone, toujours par Bettie, que Mme Nelson devait aller ce soir-là au rendez-vous fixé par Jack, mais qu'elle ne s'y rendrait pas à cause du brouillard. Il demanda à sa fiancée de le rejoindre.

– N'était-ce pas cet après-midi-là qu'avait eu lieu la querelle durant laquelle Jack avait molesté lord Arnold ?

– Cela ne fit que renforcer sa décision. Le jeune couple se rendit en voiture jusqu'aux abords du pub. De nombreuses automobiles y étaient déjà garées, comme chaque soir. Et ici, Douglas, faites bien attention à ce que je vais dire : William demande à Bettie de se vêtir du costume et de la houppelande, ce qu'elle fait à l'intérieur de la berline. À ce moment-là, elle met évidemment les bottines à sa taille. Puis il lui recommande d'attendre. Il prend la canne-épée qu'il a choisie dans la collection de son père et s'enfonce dans le brouillard. C'est peu après qu'il rencontre Jack sur la berge de la Tamise. Celui-ci est étonné de le voir mais William lui montre les 2 000 livres qu'il a préparées à cet effet. Il lui affirme sans doute que Jane lui a confié cette mission à cause du brouillard. Autre hypothèse : il lui offre ces 2 000 livres pour prix de son silence dans l'affaire du manuscrit de Jane Auster. Selon son habitude, Jack ouvre son manteau et sa veste pour enfouir la liasse dans sa poche. William, qui n'attendait que cet instant, dégaine sa lame et frappe son cousin au cœur. Il tombe, foudroyé. Il ne reste plus qu'à le pousser sans bruit dans l'eau, puis à revenir à l'automobile où Bettie attend.

– Ah, je comprends mieux… fit Douglas Forbes. Bettie ignorait alors que Jack était mort…

– William lui demande de sortir de la voiture, la conduit jusqu'aux abords du brasero de Bob Rob, lui confie la canne dont elle doit faire sonner le bout ferré afin d'éveiller l'attention du pauvre homme. Il lui recommande aussi de bien dissimuler son visage mais de se faire remarquer, ce qu'elle fait en s'approchant des flammes. Elle a vu que le clochard s'était caché mais l'épiait. Elle revient vers son fiancé qui entreprend de simuler une conversation animée, puis crie le prénom de Jane afin de parfaire l'ensemble. Enfin, il pousse une grosse pierre dans le fleuve afin d'imiter le bruit d'un corps jeté à l'eau. Ils regagnent l'automobile.

– Mais pourquoi cette complication ? Ne pouvait-il se déguiser lui-même puisqu'il avait fait fabriquer une paire de bottines à sa taille ?

– Évidemment non ! Imaginez que Jack l'ait vu arriver en cet équipage ! Il se serait méfié. D'autre part, il ne voulait pas que Bettie sache qu'il venait de tuer Jack. Il craignait son émotion et, éventuellement, une réaction violente. Vous avez vu qu'elle était sujette aux crises de nerf... Enfin il l'aimait et, s'il avait besoin d'elle pour mettre son plan à l'exécution, il ne voulait surtout pas qu'elle le suspecte.

– Lors de ses aveux, elle a dit qu'elle ne comprenait pas pourquoi William l'avait prié d'agir ainsi. Il lui avait demandé de lui accorder sa confiance et elle avait accepté aveuglément – je devrais dire : niaisement. Est-ce possible ?

– Je ne vois guère d'autre explication, à moins de la soupçonner d'avoir été une complice consentante, dit sir Malcolm. Elle voulait se faire pardonner le fait d'avoir trahi la confiance de son fiancé dans les bras de Jack. Oui, elle était prête à tout pour tenter d'effacer sa faute.

– C'est logique.

– Deux jours plus tard, c'est William qui revêt l'habit, la houppelande, met les bottines fabriquées par Gordon and Forton, se rend auprès de Bob Rob, lui fait avouer qu'il a témoigné auprès de la police comme il le souhaitait, et le tue.

– Bettie ne sait toujours rien.

– Écoutez, Douglas... Il ne faut tout de même pas la prendre pour une imbécile ! Elle a appris que le corps de Jack a été retrouvé près du pub « Prospect of Whitby », que sa mort remonte à cette fameuse nuit où William lui a demandé de jouer un rôle incompréhensible. Elle se souvient qu'il portait une canne. N'était-ce pas une canne-épée ? Dès qu'elle le peut, elle s'ouvre de son angoisse à son fiancé. C'est alors qu'il lui avoue son crime en prétextant la légitime défense. Et voilà le terrible engrenage qui se met en marche. Jane a des soupçons sur ce qui s'est réellement passé dès qu'elle apprend le témoignage de Bob Rob. Elle a compris que l'on a utilisé l'habit du couturier Thompson. Elle n'ignore pas que l'on va l'accuser ou accuscr son mari. Pour elle, elle sait ce qu'il en est. Quant à son mari, elle le sait trop lâche et trop peu imaginatif pour s'être fourvoyé dans une pareille aventure. Elle en parle à Bettie.

– Et Bettie en parle à William...

– Dès ce moment, Jane est condamnée. Rappelons-nous que le fils Boyleston voulait dès la mise en œuvre de son projet faire accuser la maîtresse de son père. Maintenant, il va falloir qu'elle disparaisse.

– William donne le poison à Bettie, poursuivit Forbes. Mais comment la jeune fille peut-elle le mettre dans le stilligoutte de sa mère en sachant qu'elle va ainsi la tuer ? C'est impensable !

– Et donc ce n'est pas ainsi que les choses se sont passées. Le fils Boyleston, sous son aspect bien rangé, était, en vérité, un monstre encore plus retors et dangereux que Jack. Son esprit inventif était proprement incroyable. Il eût été un joueur d'échecs de première force. Hélas pour lui, je n'y suis pas mauvais non plus.

– Comment s'y prit-il ?

– Il va utiliser Bettie, comme pour le meurtre de Jack, par le biais. Il lui explique que dans l'état actuel des choses, sa mère risque fort d'être accusée. Il lui propose de faire rejeter les soupçons sur son père. Il connaît les sentiments que la jeune fille nourrit à l'encontre de sir Henry. Pour cela on va simuler un empoisonnement. Il suffira de mettre un soporifique puissant à l'intérieur du stilligoutte de Jane et de l'amener à s'en servir durant la réception. La police sera alertée. On fouillera les personnes présentes. On trouvera un flacon de poison dans une poche de sir Henry, poison que William aura subrepticement glissé en début de soirée. Ainsi sera-t-il soupçonné. Bettie accepte.

– Elle met donc l'acide prussique dans le stilligoutte croyant qu'il s'agit d'un hypnotique qui permettra de faire accuser son père. Le haïssait-elle à ce point ? Mais j'y pense : ce n'est pas dans une poche de sir Henry que l'on a retrouvé le flacon vide ayant contenu le poison....

– Ce fut dans le sac de lady Elisabeth.

– Et pourquoi cela ?

– Parce qu'elle aussi avait eu l'intuition de ce qui s'était réellement passé. Elle avait interrogé son fils de telle façon qu'il avait compris qu'elle commençait à le soupçonner. En fait, elle me l'a avoué depuis, après le premier assassinat, elle s'était rendue dans la chambre de William, au deuxième étage, et y avait vu la houppelande et l'habit de soirée dans un placard.

Le superintendant était hors de lui.

– Faire accuser sa mère ! Ah, vous avez raison, ce William était un monstre encore plus ignoble que Jack ! Lui, au moins s'il était un escroc, n'avait tué personne !

– À part ses parents et sa sœur, Douglas…

– C'est vrai. J'oubliais…

– Buvons, Douglas ! Seul un excellent Speyside de 12 ans d'âge peut nous aider à digérer tant de turpitudes et de perversités ! Ensuite, nous prendrons votre voiture et nous rendrons à l'hôpital Crewsboard afin de rencontrer Bettie. J'ai reçu tout à l'heure un appel de Findley me faisant savoir qu'elle désire nous parler.

– Que ne le disiez-vous avant ! De nouveaux aveux, peut-être.

– Mon cher Douglas, je n'aurais voulu pour rien au monde gâcher le délicieux déjeuner que Mme Pickwick nous a servi, ni écourter les explications que je vous devais.

Chapitre 24

L'hôpital pénitencier de Crewsboard, au nord d'Hampstead, avait été construit quelques années plus tôt dans un style résolument moderne. Le béton et le verre formaient une enveloppe que l'on avait voulue blanche et transparente pour abriter les maladies et les perversions les plus sombres et les plus opaques. C'était là que l'on gardait les délinquants de toutes natures qui, en prison, étaient atteints de quelque maladie grave. C'était également là que l'on menait les assassins qui montraient des signes inquiétants de paranoïa ou de schizophrénie, avant que le tribunal décide de leur destin : la prison ou la clinique psychiatrique.

Bettie Nelson avait été placée dans une chambre particulière. Elle n'appartenait, en effet, ni aux prisonniers malades ni aux meurtriers délirants. Le juge avait refusé de statuer sur son cas, ignorant quelle était sa responsabilité exacte dans les trois crimes auxquels elle avait peu ou prou participé. On l'avait placée à Crewsboard en observation. Des psychologues et autres spécialistes du comportement humain se relayaient autour d'elle.

Sa chambre était d'une blancheur immaculée. Par la baie on pouvait admirer une prairie, des arbres, un étang. Elle était assise dans un profond fauteuil de similicuir vert pomme. On l'avait revêtue d'un pantalon blanc, d'une veste de coton blanc, chaussée de baskets. Son petit visage couvert de taches de rousseur semblait appartenir à un enfant. Ses cheveux étaient retenus en arrière par un élastique.

– Cela fait plus d'un mois que Mère est morte.

Ce furent ses premières paroles lorsque sir Ivory et Douglas Forbes entrèrent dans la pièce, accompagnés par un médecin de garde.

– Comment vous sentez-vous ? demanda sir Malcolm.

– C'est vous que je veux rencontrer, dit-elle. Pas la police.

Le superintendant qui se tenait sur le pas de la porte regagna le couloir en même temps que le médecin. Sir Ivory s'assit sur une petite chaise, en face de la jeune fille.

– Je suis venu en ami.

– Comme lors de notre rencontre chez Teedie ?

– S'il vous plaît.

Elle esquissa un pauvre sourire.

– Lady Elisabeth est venue me rendre visite. Elle m'a apporté une peluche... un lapin. C'est drôle, non ?

– Elle vous aime beaucoup.

– Il n'y a guère que vous et elle pour tenter de me comprendre, alors que je ne parviens pas à me comprendre moi-même. C'est si difficile. Mais vous le voyez : je vais beaucoup mieux.

– Je vous en félicite. Sachez-le : le temps est heureusement une chose qui passe.

Elle porta une main à sa tempe comme si une douleur soudaine la traversait.

– William aussi m'aimait, me comprenait. Au début de nos fiançailles, j'ignorais ses sentiments à mon égard. Il me semblait réservé, préoccupé par les responsabilités que lui avait confiées son père... Ensuite, j'ai compris qu'il était très différent.

– À quel moment avez-vous compris cela ?

– Lorsque après mon aventure avec Jack, il a bien voulu me pardonner.

– Savait-il jusqu'où vous étiez allée ?

– Je lui avais appris, presque par provocation, que j'avais couché avec Jack.

– L'avait-il admis si facilement ?

– Pas facilement mais il m'aimait réellement. Il a d'abord été abattu, puis il s'est ressaisi. Il m'a dit : « Bettie, ce n'est pas ta faute. C'est la mienne. J'aurais dû m'occuper de toi davantage. » Je crois que c'est alors que, moi aussi, je l'ai vraiment aimé. Et dès ce moment il m'est apparu sous un jour tout différent.

– Lequel ?

– Avec les autres, il jouait un personnage. Son père l'avait habitué à plier devant lui. Il savait qu'il ne pourrait jamais s'opposer à une telle force brute, mais, au fond de lui, il nourrissait une haine profonde pour cet homme orgueilleux, égoïste qui ne l'avait jamais vraiment considéré comme un être humain. De plus, il avait appris par Jack que lord Arnold et ma mère...

– Comment avait-il réagi ?

– Il ne voulait pas le croire mais Jack, dans sa méchanceté, l'amena à constater que c'était la vérité. Sa réaction fut terrible. Pour lui, tout ce que pouvait représenter son père s'effondra. Il s'en ouvrit à moi, et moi, en échange, je lui révélai ma révolte contre ma famille, surtout contre mon père qui n'avait que son aristocratie à la bouche et que je considérais comme un parvenu ! Nous nous reconnûmes dans notre déception et dans notre besoin de pureté.

– De pureté, dites-vous ?

– Oui, les gens nous apparaissaient sous leur véritable visage, celui de la laideur, de la saleté... William me dit qu'il fallait nettoyer le monde de ces horreurs.

– Et vous avez pensé qu'il avait raison...

– Évidemment ! Il avait cent fois raison ! Mais je ne savais pas exactement ce qu'il entendait par là.

– Ne vous a-t-il pas expliqué quel était son plan ?

– Je lui ai fait confiance. Il était si sérieux, si bon. Comment aurais-je pu ne pas faire ce qu'il me demandait ?

– Tout de même... Lorsqu'il a exigé que

vous revêtiez l'habit de soirée et la houppelande, puis que vous vous montriez à ce clochard auprès du brasero, vous deviez bien vous demander ce que cela signifiait !

– Il m'avait dit que c'était un piège pour donner une bonne leçon à Jack.

– Et quand avez-vous compris que ce piège était mortel ?

– J'ai compris ce que William m'a expliqué après que nous eûmes appris la disparition de son cousin. Les choses avaient mal tourné. Jack avait voulu agresser William. William s'était défendu. Après tout, c'était une bête néfaste de moins sur cette terre.

– Vous l'aviez pourtant aimé, lui aussi ?

– Je vous l'ai dit au Teedie : Jack était vivant dans un monde de morts. Mais il avait voulu me traîner dans la boue et j'ai su ensuite pourquoi il avait agi ainsi. Il se servait de moi contre William. Alors je l'ai détesté.

– En fait, Jack, William et vous étiez tous trois des révoltés.

Elle parut réfléchir puis acquiesça :

– Vous avez raison, mais ce n'était pas la même révolte.

– Fallait-il tuer pour autant le clochard ?

– J'ai compris plus tard que c'était le plan de William pour faire accuser ma mère. Il voulait la punir d'être la maîtresse de son père et par là de trahir la confiance de lady Elisabeth. Mais, en fait, Jane avait beaucoup de raisons de commettre ce meurtre !

– Mais elle ne l'a pas fait ! s'insurgea sir Ivory.

– C'est vrai, reconnut-elle. Et c'est en ce point que tout se brouille dans ma tête. Je n'arrive pas à saisir la signification de l'action de William dans cette affaire.

– Chère Bettie, il vous faut réviser tout votre jugement.

– Comment cela ?

– Je dois être franc avec vous. L'acceptez-vous ?

– Bien sûr.

– Pensez-vous vraiment que William a tué Jack en état de légitime défense ?

– Évidemment.

– Et si je vous prouvais qu'il n'en fut pas ainsi ?

Elle se leva, son regard était devenu comme fou :

– Taisez-vous ! sir Malcolm, je vous en prie !

Vous savez bien que William est innocent de tout ce dont vous l'avez accusé par méchanceté !

– Allons, Bettie...

– Vous avez agi ainsi pour détourner l'attention de la police sur les vrais coupables !

– Et qui sont-ils, ces vrais coupables ?

– Sir Boyleston et mon père, évidemment !

Elle était déjà au bord de la crise nerveuse. Il la voyait trembler tandis que des larmes perlaient à ses paupières. Il se leva, alla vers la baie et considéra la prairie en silence. Il fallait qu'elle se calme. Au bout de quelques minutes, elle dit d'une petite voix enjôleuse :

– Vous ne m'aimez plus ?

Il revint vers elle, s'assit et demanda :

– La cuisine est-elle bonne ?

– Ici ? Vous voulez rire, sir Malcolm ! C'est infect !

– Il faut donc que vous vous dépêchiez vite d'en sortir...

– Si je savais seulement ce que l'on veut de moi !

– Que vous regardiez la vérité en face, peut-être...

– Quelle vérité ? Sur la mort de ma mère ?

William m'avait dit que c'était une ruse pour faire arrêter mon père. J'ai mis dans le stilligoutte un somnifère parfaitement inoffensif…

– Était-il inoffensif ?

– Évidemment. C'est William qui me l'avait donné !

– Continuez, je vous prie.

– Et puis, là encore, il s'est passé quelque chose d'incroyable… William devait mettre un flacon vide ayant contenu du poison dans une poche de mon père. Oh, ce n'était pas dangereux ! C'était le meilleur moyen pour que la police s'occupe enfin de lui, vous comprenez !

– Et pourquoi fallait-il que la police s'occupe de lui ?

– Mais parce que, finalement, d'après ce que William m'a expliqué, c'est mon père qui avait tué Jack. Dans un premier temps, William s'était accusé auprès de moi pour me cacher son ignominie…

– Ce n'est pas ce que vous me disiez tout à l'heure… Et pourquoi sir Henry aurait-il tué Jack ?

– Une histoire de manuscrit à laquelle je n'ai rien compris. Il y était prouvé que nous n'étions pas de la branche familiale de l'amiral Nelson.

– Et alors ?

– Si lord Boyleston avait appris cela, il aurait demandé le remboursement immédiat d'un prêt important qu'il avait consenti à mon père. Et, sans doute, aurait-il fait rompre nos fiançailles, mais William et moi ne lui aurions pas obéi.

– Vous me disiez que la police devait retrouver le flacon qui avait contenu le poison dans la poche de sir Henry...

– Ce fut épouvantable ! Au lieu de cela, Mère est morte et l'on a retrouvé un flacon de poison vide dans le petit sac de lady Elisabeth ! Quelqu'un avait manipulé les cartes ! Vous entendez, sir Malcolm ? Quelqu'un avait fait passer le flacon de la poche de mon père dans le sac de lady Elisabeth !

– Et selon vous, qui était-ce ?

– Lord Boyleston, bien sûr ! C'est lui le grand manipulateur, que ce soit dans les affaires, en politique ! Il avait même réussi à manipuler ma mère !

Sir Ivory considéra la malheureuse adolescente avec tendresse. Elle ne voulait surtout pas admettre que William l'avait trompée en se servant d'elle pour réaliser un plan criminel qui avait entraîné la mort de sa mère. Comment l'aurait-elle accepté sans aussitôt devoir reconnaître qu'elle en avait été la complice ?

– Bettie, il me faut vous quitter. Je reviendrai vous voir.

– Occupez-vous plutôt de faire arrêter le monstre... dit-elle en lui faisant un ultime signe de la main.

Dans le couloir, les docteurs MacCain et Bloom ainsi que Mme Rhodko, la psychologue, l'attendaient. Ils se rendirent ensemble dans une petite salle de conférence et s'assirent autour d'une table.

– Alors, demanda MacCain, vous l'avez vue... Qu'en pensez-vous ? Nous connaissons votre jugement. Ce que vous allez nous dire aura pour nous la plus grande importance. Et donc, selon votre opinion, Bettie Nelson a-t-elle, oui ou non, participé consciemment aux meurtres de Jack Boyleston, de Robert Robinson et de sa propre mère, Jane Nelson née Thompson ?

– Votre confiance m'honore et j'en sens toute la responsabilité, dit sir Malcolm. En vérité, je crois que cette jeune fille n'a pas été consciente de ses actes. Voyez-vous, c'était une gamine délaissée par son père, sir Henry, qui ne songeait qu'à son prestige et à ses ennuis d'argent, et par sa mère qui, sous des dehors sympathiques, n'en demeurait pas moins une mondaine frivole. Bettie a cru se libérer de la facticité de son monde familial en suivant Jack, mais il se joua d'elle de la plus cruelle façon. Elle se réfugia alors dans les bras de ce si compréhensif et si sage William, qui fit sciemment d'elle sa complice. Sans doute à certains moments a-t-elle cru percevoir la vérité mais celle-ci était trop cruelle pour qu'elle pût l'admettre.

– Son coefficient intellectuel n'est pas très élevé, dit Mme Rhodko. Ajoutez à cela une inexpérience évidente... Le fils Boyleston l'a guidée comme il l'eût fait d'un automate.

– En un sens, elle est aussi une victime de ce William, qui demeurera pour moi un cas particulièrement pervers dans les annales du crime, résuma sir Malcolm.

Les médecins et la psychologue se levèrent et affirmèrent que leurs conclusions correspondaient à celles de sir Ivory. Bettie Nelson n'était certes pas innocente, mais mériterait d'obtenir une certaine clémence de la justice, sa responsabilité étant fortement atténuée. Ainsi pourrait-elle panser ses plaies et lentement, plus tard, recommencer une nouvelle vie.

Dehors, sir Ivory et Douglas Forbes marchèrent vers la voiture en silence, mais lorsqu'ils furent assis et prêts à partir, le superintendant demanda :

– Croyez-vous que c'est cette histoire de manuscrit qui a déclenché toute l'affaire ?

– Ce fut un élément déterminant. Mais reconnaissons que Jack accumulait sur lui toutes les raisons de se faire tuer. Mais, à ce sujet, savez-vous ce que j'ai découvert en interrogeant Cyril Curtney ? Ce garçon est féru d'histoire et, plus spécifiquement, d'histoire d'Angleterre. C'est lui qui a découvert la page manuscrite exposée à la British Library. C'est lui qui a repéré la cassure sur l'arbre généalogique des Nelson.

– Et qui en a parlé à son ami Jack... Ah, je comprends mieux ! Il m'étonnait aussi que ce garçon ait pu, par lui-même, faire cette découverte...

– Il n'avait certainement jamais mis les pieds dans une bibliothèque. Cela ne cadrait pas avec le personnage. D'où mon idée d'interroger Curtney à ce sujet.

– Un élément psychologique me tracasse...

Vous pensez que William aimait Bettie. Comment se fait-il qu'il l'ait utilisée de la sorte ?

– Pour la punir d'avoir cédé à Jack. C'est d'ailleurs ce qu'elle a inconsciemment ressenti en acceptant de lui obéir aveuglément. Elle voulait se faire pardonner.

– Je comprends. Mais avouez que ce William était insensé ! Mettre ce flacon dans le sac de sa mère afin de la faire accuser !

– Rien là d'insensé, Douglas... Il lui fallait brouiller les cartes. Telle est la logique infernale d'un meurtrier qui se sent traqué, et je vous l'ai dit : lady Elisabeth avait vu l'habit de soirée et la houppelande dans sa chambre. Elle lui en avait parlé de telle manière qu'il ne pouvait plus douter qu'elle avait tout compris. La faire accuser du meurtre de Jane n'était-il pas le moyen le plus radical de mettre en doute son éventuel témoignage ?

– Croyez-vous qu'elle aurait dénoncé son fils ?

– Cruel dilemme, n'est-ce pas ? Ah, cette femme est admirable et j'aurais aimé en rencontrer une semblable sur mon chemin... Avez-vous vu comment elle s'est dressée face à son mari, l'accusant d'avoir délaissé sa famille ? À ce moment, on eût dit une héroïne antique...

Jamais le superintendant n'avait vu sir Ivory s'enthousiasmer à ce point. Avant de mettre le moteur en marche, il demanda :

– Sir, une question encore : pourquoi William a-t-il éprouvé le besoin de faire fabriquer des bottines à sa taille ? Dans le brouillard et devant un ivrogne, n'eût-il pas suffi qu'il mette n'importe quelles autres chaussures ?

– Oh, je ne doute pas que c'est ce que vous auriez fait, mon bon Douglas. Mais pas un aristocrate ! Avec un habit à queue-de-pie, il eût été profondément incorrect, vraiment inadmissible et contre tous les canons du bon goût, de ne pas porter des bottines vernies.

"Huis clos macabre"

Le crime du corbeau

Mary London

Une pluie de lettres anonymes s'abat sur l'élitiste club londonien des "Scriveners", répandant les pires rumeurs sur ses honorables membres. Qui a intérêt à déstabiliser une institution aussi respectable ? Le richissime, mais réputé vicieux, gynécologue ? L'économiste distingué ? Une épouse délaissée ? Le domestique indien ? Malcom Ivory, éminent membre de ce club et enquêteur à ses heures, reprend du service, mais pas assez vite pour empêcher le meurtre d'un célèbre ornithologue...Que signifie cette sombre machination ? Un défi ouvert à Sir Malcom ?

Pocket n° 11334

"Cluedo"

Un crime trop parfait

Marie London

Sir Malcolm Ivory était prévenu du surprenant défi qui lui était lancé : un meurtre parfait allait être commis, dont l'auteur se targuait de n'être jamais démasqué. En effet lorsque, trois mois plus tard, Jeremy Thompson est retrouvé assassiné, tous les suspects potentiels disposent d'alibis indiscutables. Mais c'est sans compter sur la légendaire sagacité de sir Malcolm Ivory.

Pocket n° 11335

Achevé d'imprimer sur les presses de

BUSSIÈRE

GROUPE CPI

à Saint-Amand-Montrond (Cher)
en janvier 2003

POCKET - 12, avenue d'Italie - 75627 Paris Cedex 13
Tél. : 01-44-16-05-00

— N° d'imp. : 27173. —
Dépôt légal : février 2003.

Imprimé en France

